Um Sonho Ruim

Impresso no Brasil, outubro de 2012

Título original: *Un Mauvais Rêve*
Copyright © Le Castor Astral, 2008
Todos os direitos reservados.

Os direitos desta edição pertencem a
É Realizações Editora, Livraria e Distribuidora Ltda.
Caixa Postal: 45321 · 04010 970 · São Paulo SP
Telefax: (5511) 5572 5363
e@erealizacoes.com.br · www.erealizacoes.com.br

Editor
Edson Manoel de Oliveira Filho

Gerente editorial
Juliana Rodrigues de Queiroz

Equipe de produção editorial
Cristiane Maruyama
Liliana Cruz
William C. Cruz

Preparação de texto
Gabriela Trevisan

Revisão
Evandro Lisboa Freire

Capa e projeto gráfico
Mauricio Nisi Gonçalves / Estúdio É

Diagramação e editoração
André Cavalcante Gimenez / Estúdio É

Pré-impressão e impressão
Edições Loyola

Reservados todos os direitos desta obra. Proibida toda e qualquer reprodução desta edição por qualquer meio ou forma, seja ela eletrônica ou mecânica, fotocópia, gravação ou qualquer outro meio de reprodução, sem permissão expressa do editor.

Um Sonho Ruim

GEORGES BERNANOS

Tradução de Pedro Sette-Câmara

Sumário

Primeira Parte

I 9
II... 19
III 35
IV 47
V... 55
VI 75
VII 93
VIII.. 107
IX... 127

Segunda Parte

X... 139
XI.. 175

Primeira parte

I

Carta de Olivier Mainville à sua tia

Minha querida tia, eu deveria ter-lhe escrito por ocasião do noivado de Hélène, e o tempo só faz passar. Vinte dias na sua Souville, vinte dias todos iguais, com sua conta exata de horas, de minutos, de segundos – e mais uma vez o relógio da igrejinha vem fazer uma cortesia, entregando treze horas pelo preço de doze, que tal? – vinte dias na província, enfim, são alguma coisa. Aqui, veja só, não são nada. Os dias são arrancados dos calendários às pencas, mal ficam desbotados e logo surgem novos. E ninguém nem pensa em conferir o total. Para quê? Deus é honesto. Assim, quando você me pede para explicar o que faço com meu tempo, fico admirado. O único ponto fixo dessa minha espécie de diorama giratório tem sido, desde dezembro, minha visita cotidiana ao senhor Ganse – ao que você chama mui divertidamente de meu secretariado. Peculiar secretário! Chego todas as tardes às três horas em ponto. Fumo cigarros na companhia do patrão até as cinco horas. Enquanto batemos papo – ele escuta ávido, cínico, é curioso a respeito de tudo, fica espantado com umas coisas que o fazem parecer quase ingênuo e, de repente, começa a falar de si mesmo de um modo tão desconcertante que dá vontade de corar – a senhora Alfieri, a primeira secretária, termina de passar a limpo as páginas ditadas de manhã. Depois eu tenho de relê-las para o patrão, que começa a encolher os ombros, fica nervoso, e na décima linha sempre me pede para deixá-lo em paz.

 Nesse momento, ele fica uns vinte minutos emburrado, reclama do frio, do calor, do barulho da rua, e implica com a secretária por causa de seu perfume favorito: "Que horror, pobrezinha, até parece aqueles palitos suspeitos que as moças de Istambul discretamente punham no nosso bolso depois de ter ficado roendo eles o dia todo!". Depois dessa tirada, ou de alguma outra não menos grosseira, a senhora Alfieri percebe que o dia chegou ao fim: ela olha o relógio de pêndulo, tranca a gaveta de sua escrivaninha, e desaparece como uma sombra. Tão rápido que saio atrás dela, como que colado aos seus calcanhares, e nunca a vejo na antessala: ela deve ter passado através da parede. Que mulher apaixonante! Entre essas pessoas insolentes, às vezes horrendas, nessa casa aberta a todos como o saguão de uma estação de trem, ela é a única presença silenciosa, atenta, o único olhar sincero. De início, mal se pode distingui-la de seu entorno. Porém, uma vez que a percebamos, tão fina, tão magra, parece que toda aquela grosseria vai esmagá-la, mas sua simplicidade vence tudo. Nesse mundo literário, em que somente a inveja, em sua forma mais sumária, apesar de suas diversas máscaras, consegue corrigir a preguiça, o único risco, ela não oferece nenhum alvo visível para a maldade dos imbecis. Creio que poucas pessoas seriam capazes de odiá-la, e nenhum de nós certamente jamais sonharia em humilhá-la. Que silêncio em torno dessa pessoa vestida de preto, que nunca usa maquiagem, que proteção invisível! É impossível viver com simplicidade maior, como numa luz constante e suave, mas espalhada por toda parte, que nada deixa na sombra, e, contudo, essa veneração que ela inspira não deixa de ter certa angústia, perceptível com certa dificuldade, como uma ondulação na superfície da água. Será que ela é feliz? Será que não é feliz? Porque desejaríamos ardentemente que fosse; e, aliás, por que o desejaríamos? Talvez porque seu olhar, sua voz tranquila, até essa maneira de inclinar-se quando falamos com ela, de lançar-se imperceptivelmente para frente, de dar a cara – cada um de seus gestos, enfim – parece exprimir uma bondade profunda, discreta, uma perpétua vigilância do coração. Que nesse meio-tempo ela tenha sofrido, ninguém duvida. E ninguém duvida que esse sofrimento foi contido por sua força, pela prodigiosa resistência moral de que ela é capaz, como sentimos. Não! Não, certamente não foi a alegria que moldou esse rosto patético! Mas também nunca foi a angústia, a verdadeira angústia, aquela que faz cair os braços e as mãos; a verdadeira angústia, com sua carranca dolorosa, não conseguiu escavar uma só ruga naquele rosto ainda liso e redondo como o de uma criança. Nunca aquela boca, mesmo no mais profundo sono, tremeu por causa do esgotamento, da aflição, daquele desencantamento pueril que preludia as grandes quedas da alma, e que marca com um traço inapagável, uma espécie de ferrete com o qual sua pureza ficará maculada.

Nem arrependimentos, nem remorsos, nenhuma lembrança do obstáculo superado, nenhuma preocupação com o obstáculo que virá, nada que uma paciência infinita, uma paciência que só nela – com o perdão da palavra – me parece uma espécie de santidade. Porque a senhora Alfieri vive bem debaixo dos nossos olhos uma vida plenamente humana, francamente humana, nada mais do que humana, mas da qual só muito raramente, e por um breve instante, observamos as admiráveis proporções, a disposição um pouco severa, mas inteiramente oculta, e que a adivinhação da amizade presente ser perfeita, acabada, uma obra-prima ignorada, semelhante a tantas outras que a natureza faz só para si, pródiga em sua vaidade.

Coisa estranha, aqui encontramos muita gente famosa, ou simplesmente suspeita, cujo presente pertence a todos – e serve-se dele quem quer. Mal se escondem para dormir e logo suas míseras trepadinhas viram o assunto do escritório e do salão, um bem comum. Seu passado não é menos misterioso do que o dos faraós. De onde eles vêm? De onde eles saem? O passado da senhora Alfieri, por outro lado, é conhecido de todos. É o presente que nos escapa. Porque a extrema pobreza, a repulsa de um mundo em que ela um dia brilhou, para sua infelicidade, não explica que ela tenha escolhido – porque ela escolheu – esse trabalho obscuro e ingrato com um desses homens de letras, um desses artesãos da pena, como diziam antigamente, cuja natureza é tão grosseira que nem mesmo a genialidade conseguiria civilizar. Françoise deve ter-lhe dito que ela ficou dois anos casada com um velho aventureiro italiano, que vivia nos tribunais e nas casas de jogo, que ela encontrou por acaso em Aix-les-Bains, onde tinha ido descansar na casa de uma tia, após não ter passado pela primeira vez no concurso para professora. Veja, minha tia, um mau casamento, ou simplesmente medíocre, é o que você concebe de pior para uma mulher, a desgraça das desgraças, o naufrágio, o aniquilamento.

É por isso que me é impossível pensar na infeliz união da minha amiga sem experimentar um sentimento turvo, feito mais de pena que de raiva, pelo frágil e ridículo tirano, o ridículo carrasco que, achando que investia contra um adversário indefeso, conseguiu, no fim, destruir apenas a si mesmo. Pobre conde Alfieri! Edmond diz que ele parecia um galgo, um animal comprido e carinhoso com olhos humanos. Ele o viu em seu leito de morte, com a cabeça quebrada. O médico, que era seu amigo, ou talvez algo mais, tinha conseguido dissimular sob uma camada de maquiagem o enorme machucado, e tapar o buraco com cera...

Daqui consigo ouvir a senhora Louise: "Seu sobrinho tem uma queda pela senhora Alfieri...". Deus do céu, é verdade que as pessoas aqui me inspiram tanta repulsa que – nem tenho coragem de dizer, tenho vergonha. E, sem me gabar, por razões diferentes, ela e eu devíamos acabar simpatizando, apesar de tudo, nossas infelicidades são semelhantes. Creio que nossa amizade é muito profunda, quase terna, e mesmo assim nós nunca falamos – ou só raramente – daquilo de que gostamos – de música, por exemplo. De comum acordo nos atemos aos únicos assuntos verdadeiramente possíveis, verdadeiramente neutros: nossa labuta, nossa absurda e pungente labuta de cada dia. Porque, como você sabe, esse Ganse é mesmo uma figura fora do comum! Quando ele se toma por Balzac e, encostado na lareira, com sua pequena barriga discretamente se projetando entre as calças e o colete de seda, começa a explicar às belas senhoras que é tão casto quanto aquele outro – quanto Émile Zola – e, graças a alguma mirabolante disciplina mental, certamente temos razão para morrer de rir.

Você, que tanto gosta de histórias um pouco apimentadas, daqui eu vejo a ponta do seu narizinho arrebitado tremendo. Também é muito engraçado ver quando ele tenta bancar o libertino com as duquesas acadêmicas! E não menos engraçado observar seu sangue-frio quando ele volta a ser ele mesmo. Cerra os punhos, baixa a cabeça e adentra o tema de um novo livro como uma besta-fera, sem planejar rigorosamente nada, certo de sua força.

Inutilmente você diria ou pensaria em segredo: "Bah, ele não passa de um escritor populista, de um Zola melhorado". Não! Populista! Bastaria que ele entrasse em contato com alguém assim e a aparência corporal do senhor Thérive se derreteria instantaneamente, não se veria mais do que uma pequena poça de matéria oleosa, com um par de suíças flutuando em cima. Sim, sim, conheço suas preferências: Jacques Rivière, por exemplo, não importa! Mesmo assim, há algo de comovente no espetáculo de um velho escritor que furiosamente busca produzir a qualquer preço, que quer ver seus jovens rivais esmagados por uma pilha de papel impresso. Já eu tenho tanta dificuldade para chegar ao fim de cada nova pilha, indo trecho por trecho, com a lupa nos olhos, apoiando-me onde posso, e também com um cronômetro! Porque, apesar do ódio cada vez maior dos refinados que não perdoam o fato de ele continuar insistindo toda vez que um novo livro acusa o declínio irremediável de um gênio feito para os trabalhos rudes, para a pintura violenta e sumária, ainda que perspicaz, do Desejo, o autor de *A Impura* ainda continua a intimidar – por quanto tempo? Exatamente como na época de seus primeiros triunfos, em que, solto num belo mundo em que sua magnífica presunção tudo ignorava e tudo desejava, e do qual ele tomava posse, brincando como um selvagem que arriscava perder em poucos meses a matéria futura de sua obra, sempre farejando e se precipitando, ora enganado, ora cúmplice, de seus enormes contrassensos, de densas tolices, que fazem rir, e subitamente descobrindo, por milagre, o único pequeno fato que ele reconheceu imediatamente entre mil, por instinto, o único fecundo entre outros talvez mais singulares, mais brilhantes, mas estéreis, o episódio mágico, o traço único em torno do qual gira o tema. Um tema! Ele tem um jeito de pronunciar essa palavra que desconcertaria com um golpe certeiro a insolência calculada dos colegas, sua soberba glacial. O tema! Seu tema! Hoje, mesmo que sua curiosidade tenha sobrevivido à sua força, quando o olhar devora de longe aquilo que a imaginação enfraquecida, saturada, não mais fecundará, que sua assustadora labuta tornou-se o drama das noites e das manhãs, com as alternativas de euforia traidora, de raiva, de angústia, a palavra "tema" parece despertar nele simplesmente a ideia de rapto e de opressão, e ele parece querer fechar de novo por cima de suas mãos grossas.

    Não vá me responder com sua ironia habitual, dizendo que vejo o patrão através da secretária, que escrevo o que ela dita. Nada seria mais equivocado. Ela praticamente nunca fala dele, pelo contrário. Raramente um sorriso, um olhar, uma palavra brevíssima comigo – um suspiro de admiração ou de piedade, às vezes de desprezo ou de raiva. No mais, só costumo vê-los juntos ao fim do dia, no momento das correções. O mais comum é que os dois trabalhem sozinhos. Não é comum essa colaboração! Ela já dura dez anos, e Philippe, que também tem sempre uma língua ferina, diz que a secretária tornou-se indispensável, que ela poderia, sem escrúpulo, assinar com seu nome os últimos livros. Diz-se também que... Mas isso, por exemplo, isso me faz rir! A verdade é que o patrão não consegue satisfazer os editores, ele se obriga àquilo que chama, horrivelmente, de produção regular, certo número de páginas por dia, um trabalho de condenado – cinco páginas do romance em andamento, três páginas de um daqueles folhetins que ele publica nos jornais, isso sem falar da correspondência. Agora, naturalmente, ele se poupa o máximo que pode. E, por exemplo, ele não cria seus cenários, mas vai buscá-los nos lugares, de cidade em cidade, poupado igualmente pela maravilhosa máquina que range! Um recado sobre a mesa nos manda enviar a correspondência para Châlons, para Brest, para Biarritz ou para alguma cidadezinha desconhecida, para o diabo, e a senhora Alfieri o acompanha sozinha nessas viagens misteriosas. Será que eles estão buscando apenas cenários ou também atores? Só Deus sabe! Nesse caso, e se julgarmos pela qualidade dos personagens, eles devem frequentar, como você diz, "um mundo esquisito"!

Se conto essas fofocas é, antes de tudo, porque você gosta delas, não é verdade? Você não fica chocada facilmente e quando me diz que deve a meu tio essa espécie de sangue-frio diante do bem e do mal, você me faz rir. De fato, você nasceu assim, nem é possível imaginá-la de outro jeito. Você me escreve para dizer que eu estou muito iludido a seu respeito, que não há grande honra em pegar aquilo que não é de ninguém – o coração de um pobre órfão, privado de carinho, outrora obrigado a confiar seus primeiros sonhos ao seio imundo do superior do pequeno seminário de Menetou-Salon, no oco daquela lendária sotaina salpicada de tabaco! Apesar disso, eu poderia ter procurado há muito tempo uma tia com a sua idade capaz de compartilhar minha admiração pelo senhor Gide e, aliás, sem a menor suspeita de esnobismo – uma admiração que nosso antigo mestre apreciaria, porque ela é inteiramente secreta, interior, porque ela não a impede de doar o pão bento com regularidade, e porque você, por ciúmes, não deixa transparecer nada aos imbecis. Ela deveria ter existido antigamente, para a comodidade dos sobrinhos, das tias gentilmente voltairianas escondidas em deliciosas casas de província, entre uma governanta devota e um gordo padre, de sobrancelhas grossas, que citasse o senhor de La Harme, o senhor de Saint-Pierre, ou o senhor

Louis Racine, filho... Na verdade, não quero profanar a memória de minha mãe – Ora! Ora! Eu sei que vocês não gostavam muito uma da outra – mas, enfim, bem que eu tenho o direito de duvidar que poderia ter falado a ela com essa mesma liberdade a respeito da senhora Alfieri. Muito menos teria eu coragem de apresentá-la, enquanto... por melhor que você tivesse feito e falado, nas próximas férias...

Não se dê, portanto, ao trabalho de insinuar, com alguma perfídia, como em sua carta anterior, que os jovens de hoje em dia deixam-na confusa, e que todo o cinismo deles só serve para lançá-los, como jovenzinhos ingênuos, aos braços de mulheres quase maduras. E, mesmo assim, há alguma verdade nas últimas linhas da sua acusação. As mulheres mais jovens me aborrecem. As mulheres mais jovens me entediam. Elas aborrecem a todos nós. E, antes de tudo, a fingida amizade delas nos impõe sorrateiramente servidões mais pesadas do que aquelas que nossos pais jamais conheceram. No mais, com suas caras e caretas, elas são horrivelmente românticas, não conseguem meter na cabeça que nós nos bastamos muito bem a nós mesmos, que não temos qualquer necessidade de apelar a seus bons serviços para nos reconciliarmos com nossa mísera pessoa, que nos é cara. E que nos é cara do jeito que é, da planta dos pés à raiz dos cabelos, incluindo a alma, se é que ela fica em alguma parte. Com o tempo, enfim, é possível que nós não a suportemos mais, o que é mais uma razão para aproveitar essa lua de mel com nós mesmos, não é verdade? Nós, antes de tudo. Tenho certeza de que todos os jovens pensam assim desde que o mundo é o mundo, mas não ousam dizê-lo. Por outro lado, enchem-lhes a cabeça de besteiras sobre os jovens, de comparações líricas tiradas da ornitologia, da mineralogia, da horticultura – as bochechas de pêssego, os olhos de diamante, e bibibi bobobó – toda a primavera, toda a pureza, todo o mistério. Eles deviam admirar, com a cara no chão, porque eram feios, porque pertenciam ao sexo feio, como diz o querido velho e gordo paizinho Léon Daudet, que não devia nunca, depois de Louis-le-Grand, ter perdido o hábito de desenhar pequenas mulheres nuas nas margens dos cadernos.

Que tenhamos feito com que os coitados que só iam ao estabelecimento de banhos uma vez por mês acreditassem nisso, e que dos doze aos dezoito anos ficaram em conserva protegidos pela flanela de uma espécie de pele de galinha, que seja! Nós, minha tia, nós sabemos que somos bonitos, e nosso mistério, pelo menos, vale o deles. Agora, Deus do céu, a questão não é de nos desculparmos por estar no mundo, é preciso que nos agradem. Nós queremos ser cuidados, mimados, afagados, queremos ter ataques quando vier a tempestade, por que não?

É provável que os ingênuos de antigamente buscassem as moças por tolice, por timidez – sempre o famoso complexo! Nós, às vezes, as procuramos quando elas nos amam assim, como nós nos amamos, tranquilamente, pacificamente, naturalmente, ora! – sem escrúpulos, sem remorsos. Mas não é preciso ser uma moça da vida para isso... E, por exemplo, a senhora Alfieri não me elogiaria a felicidade da mansarda e do vaso de flores na calha, em companhia de Mimi Pinson, ela sabe muito bem que o supérfluo é para mim indispensável, que eu jamais conseguiria me alegrar no meu miserável quarto de hotel, olhando para um armário horrendo, que a questão da camisa e da gravata é mais sério do que se julga, e que para um jovem rapaz é mais importante estar bonito do que crer em Deus.

Também admiro sua discrição, sua paciência, sua destreza em participar da minha vida sem ser vista, lentamente. Ela não muda um bibelô de lugar e, quando vai embora, ainda assim respira-se melhor. Verdadeiras confidências, dela para mim; nada de segredos, que fique claro. Mas ela acaba sabendo de tudo, ela tira de mim o que ela quiser. Quando você conhecê-la, vai ficar surpresa com o que ela sabe de você, dos seus hábitos, dos seus vizinhos, dos seus amigos. A velha casa cinza, ela poderia me levar lá de olhos fechados. O mais extraordinário é sua memória dos lugares que ela diz que nunca viu! Ela pergunta com tanta inteligência, com tanta simplicidade, que seria bastante constrangedor dizer onde e quando ela foi informada, mas ela é, juro. No fundo, acho que ela me dá corda, como se diz... Ela é bem capaz de já ter ido lá, você a encontrará talvez numa noite, no caminho vazio, voltando das vésperas... De querer conhecer a paisagem familiar de minhas férias, isso parece tanto com ela!...

II

— Toma, meu velho, disse Philippe, aqui está a sua carta, está muito boa. Igual a – um momentinho – "um animal comprido e carinhoso com olhos humanos", tive frio na espinha, meu caro. E me sinto um pouco humilhado porque você não encontrou um lugar para mim nessa encantadora pintura. O sobrinho do patrão, diabos! Bem que eu merecia umas cinco linhas.

Ele estendeu desaforadamente ao colega as folhas um pouco amarrotadas, com a mão cujo punho era circundado por uma corrente de ouro.

— Escute, observou Olivier Mainville pausadamente, às vezes eu me pergunto de onde você consegue tirar esse tom cabotino. E depois, você acaba de estragar seu efeito dramático, meu jovem. Eu sabia muito bem que você me tinha surrupiado a carta, eu nem estava mais procurando por ela.

— Deus do céu, respondeu o outro com o mesmo sangue-frio, é bem possível, não consegui te surpreender. No mais, muito bom o que você falou sobre o patrão... Ele só teve por poucas semanas a insigne perseverança de me tolerar como secretário, mas já sei o bastante: não é possível dizer melhor com tão poucas palavras. Com metade das ideias que estão na carta, logo você poderia se tornar o mestre aqui, você colocaria meu horrendo tio no bolso. Porém, não fosse por sua providencial inconsequência, você se contentaria em enviar essa maravilha epistolar à senhora sua tia, que, após tê-la apresentado à admiração do tabelião e do padre, a teria usado, acho eu, para cobrir seus potes de doces.

Enquanto falava, ele espalhava as cinzas com a ponta do atiçador. Sua bela cabeça inclinava-se para a chama com um sorriso triste.

– Eu não surrupiei sua carta, meu velho, você a tinha deixado em cima da mesa do chefe com a cópia do dia anterior – mas que deslize! Perguntei-me imediatamente se você não tinha feito isso de propósito.

– Será que ele leu? – disse Olivier, pálido de cólera.

– Você ficou surpreso? Foi ele que me pediu para devolvê-la a você. Logo ele vai falar dela com você, sem o menor constrangimento. Pense só! Um documento sobre a juventude! Ali tem doze páginas de texto! Ele está felicíssimo.

– E você? Também não está descontente, imagino. Entre nós, não sei quem é pior, o tio ou o sobrinho.

– Oh! Perdão. Se você quisesse pensar por um segundo, em vez de espernear feito uma criança, você entenderia que a minha indiscrição – para falar a língua da sua austera província – é perfeitamente justificada. Eu agi no seu interesse, meu caro. Eu previ que, como é do seu hábito, após ter dado todas as lições de moral que queria, você viria me pedir conselhos.

Ao dizer isso, ele seguia o rito de bater de leve com a ponta do cigarro nas costas da cintilante cigarreira em que, sem que isso o desagradasse, ele via tremer a imagem cada vez mais turva de seu olhar, duas sombras azuis, inatingíveis.

– Não preciso dos seus conselhos. Veja, Philippe, é demais, já, estou farto. Note bem que não estou fazendo nenhuma cena. A história da carta vai me servir como um bom pretexto, e só. Se eu for embora, entenda bem que será porque foi isso que eu quis, para o meu bel-prazer.

– Sim, sim, conheço a ladainha, você já a repetiu o bastante. Eu também estou ajudando você por nada – por prazer... Ah! Você pode rir!

No fundo, eu e você somos exatamente iguais, terrivelmente iguais, você ao menos é o homem que eu seria se não estivesse aqui – o homem que talvez eu me torne amanhã, quem sabe? Porque eu era como você, era mesmo, quando vim trabalhar com o tio Ganse, um ser tão lindamente fora de moda, um bibelô caro, algo certinho para fazer virar a cabeça do velho mestre, escaldado por 35 anos de vida literária – ainda hoje tão duro quanto uma carne de terceira. Ah! O porco! Porque você ingenuamente se achava embebido até a medula nos licores de *O Imoralista* – um verdadeiro anjinho das trevas – e aquilo que trouxe você aqui, aos nossos ares, seu tolo, foi aquele odor de casa velha e sábia, os ladrilhos encerados, a naftalina e o pano de Jouy... Nunca o narigão de Ganse farejou isso... – O pai dele era leiteiro na rua Saint-Georges, não esqueça!

Depois de um bom tempo, Mainville saiu de perto da janela. Sentado transversalmente em relação à mesa, com as pernas suspensas, os cotovelos em cima dos joelhos, ele agora escutava sem rancor, chegando a aprovar cada frase com um franzir de suas longas pálpebras.

– E quanto à sua famosa senhora Alfieri, meu... pombinho, talvez ela valha mais do que a casa inteira junta, mas aquela santa, meu caro, é perigosa como o diabo! Uma santa muito esquisita! Por mais inverossímil que isso te pareça, Ganse não vai largar dela. Que tolo que você é! Ele dedicou cinco anos a embebê-la com sua literatura, os sucos dele literalmente escorrem dela, e ele vai perder o fruto de suas economias, agora que ele vai mesmo ficar completamente vazio! Nem pensar! Agora ele está começando a espremer o favo de mel, e vai espremê-lo até a última gota. Você não percebe, então, que, sem transmitir essa impressão, ela está secretando para ele seu livro? Sim, mesmo levando em conta as exigências do estilo epistolar, o seu retrato... Ora, ora! Uma espécie de santidade, vá lá, mas qual? Existem santidades proibidas, meu caro, tão proibidas quanto o fruto da Árvore da Ciência. Depois disso, bem, você faz o que bem entender.

Ele tirou outro cigarro da cigarreira, e inclinou um pouco a cabeça, como se quisesse ouvir melhor a resposta que não vinha.

— Em todo caso, continuou, você estaria errado de ir embora por causa de uma leviandade. Ler uma carta que por acaso lhe cai nas mãos, isso é tão natural ao velho Ganse quanto ouvir uma conversa na estação de trem, no restaurante, no café. É um gesto profissional, a discrição não é o forte dele. E, quanto a mim, não me tome por idiota; sua fantasia epistolar está viciada da primeira à última linha, um verdadeiro trecho de bravura feito para ser publicado algum dia – um capítulo do seu próximo romance – não venha negar!

Ele afetou rir entre as duas longas mãos, o olhar um pouco falso, a testa marcada por uma longa veia azul.

— Creia no que quiser, disse Mainville. Você merecia um tabefe.

— O quê? Respondeu o outro com uma cara insolente. Reflexos de cavalheiro, é? Quando se tem a chance de ainda ter personalidade forte, é preciso ser muito burro, meu caro, para encher o nariz de heroína. Aliás, uma pausa. Quer um canudo?

— Estou pouco me lixando para o seu canudo.

— Pois é... E veja que eu poderia ganhar muito com esse canudo, mas não tenho mais interesse pelos negócios, estou dando ele por nada. Cem francos pelos dez gramas, que tal?

— Eu não cheiro mais, disse Olivier friamente. Não.

— Jura? E, bom, isso nem me surpreenderia, isso é bem o seu tipo. Mas, meu querido, com a droga você perde o seu tempo. Não vale a pena bancar a criança mimada, meu caro.

Ele ia e vinha pela sala, sempre cuidando para que a mesa permanecesse entre ele e seu colega. Depois, ele se calou, e, levando discretamente o braço à altura da cabeça, fingiu que apertava a corrente de ouro novamente no pulso.

— Chega de macaquices, disse Olivier – mas dessa vez com um sorriso –, não sou tão simplório a ponto de acreditar que Ganse tenha simplesmente lhe encarregado de me devolver a carta após tê-la lido. O que ele quer de mim, exatamente?

– A paz. Ou ao menos aquilo que ele chama por esse nome, entende?... Enfim, ele se esforçou para me colocar na cabeça uma espécie de nota diplomática, para a atenção de Vossa Senhoria: necessidade de trabalho, relações cordiais, colaboração sem segundas intenções, respeito pela obra comum, ordem, disciplina, etc., etc.... Em suma, ele te acusa de simplesmente querer aproveitar sozinho sua indispensável secretária...

O olhar do jovem rapaz novamente filtrava entre os cílios uma luz suave e equívoca.

– Que fique com ela. Pelo contrário, não peço nada além disso. Mas Simone não é dessas que largamos de qualquer jeito. E, no mais...

Com as duas mãos, ele ajeitou cuidadosamente o vinco das calças e disse, com uma voz tão doce quanto seu olhar:

– Admita que é difícil ser canalha com uma mulher com quem não dormimos.

– Exatamente, respondeu o outro com o mesmo tom. E, para ser franco, eu me pergunto se o patrão sabe o que quer. Em se tratando de mulheres, ele tem ideias simples e nunca duas ao mesmo tempo. No mais, ele usa um vocabulário impossível, palavras que só ele usa, que seu decorador deve ter lhe dado em 1900, junto com o resto da mobília – forros de felpo, poltronas acolchoadas – palavras feitas para manter a inteligência aquecida, assim como as nádegas. Enfim, eis o que guardei da proposta dele: a senhora Alfieri é uma mulher superior, e, como todas as mulheres superiores de sua idade, está enfrentando uma crise. Uma crise que ela vencerá corajosamente, graças ao alimento espiritual tirado dos livros de Ganse, desde que Vossa Senhoria não imponha obstáculos, isso é, não a leve a atos irreparáveis...

– Que atos?

– Fugir, meu caro. Fugir a dois, para os paraísos baudelairianos. Existem precedentes: Liszt e a senhora d'Agoult – ainda que eu não vá lhe fazer a honra de compará-lo àquele bode idealista melômano.

— Fugir? Esse seu tio tem cada ideia! E fugir para onde? É como se ele suspeitasse que eu quisesse comprar as joias da coroa da Inglaterra. A fuga não tem preço.

— De fato. Mas, a seu tempo, você sabe, o preço da coisa não tem grande importância: eles nunca iam mais longe do que Rambouillet. Era uma palavra convencional, análoga aos fogos, aos ferros, às correntes da tragédia antiga. Mas, mesmo assim, você deveria acalmar a sua... a... enfim, como foi que você falou?

Ele pegou de novo, insolentemente, as folhas que tinha posto sobre a mesa.

— A... a... achei! Aqui: "A única presença silenciosa, atenta, o único olhar sincero...". É inútil fulminar-me com seu olhar, meu senhor: veja bem, já estou com a mão na maçaneta da porta. Assim!...

Mas o rosto de seu interlocutor não expressava nenhuma ameaça. Ele se inclinava pouco a pouco para o ombro direito, com aquela expressão, ao mesmo tempo tão comovente e tão cômica, de aluno de escola nas garras de um texto difícil. Como sempre, após uma breve luta, Mainville devia ceder a um companheiro aparentemente semelhante a ele, e, no entanto, bem diferente, de outra espécie. E, como sempre também, a confissão muda de sua derrota despertou em seu inimigo familiar uma espécie de amizade obscura, misturada com rancor, com um não sei quê de fraternal.

— Vamos, disse Philippe, chega de brincadeira. Eu me pergunto por que ficamos brigando, é a casa que quer isso. Ora! Aqui, nós somos sábios no meio de loucos. Porque os velhos são loucos, disso tenho certeza. A velhice é uma demência. Tem dias em que acordo com essa ideia, e até à noite fico andando de um lado para o outro no meu quarto com a sensação – não! – com a certeza de uma solidão tão pavorosa que cogito seriamente virar monge ou poeta. Por que todas essas pessoas são velhas, não importando sua idade. E nós também, Mainville, somos velhos, talvez?... Como saber? Não podemos nos comparar a ninguém, muito menos julgar... Há anos e anos – juro, de verdade, desde o colégio – que tenho a impressão de representar para mim mesmo a comédia da juventude, exatamente como um louco dá a si mesmo a ilusão de raciocinar direito, alinhavando silogismos irrepreensíveis, a partir de um dado absurdo. Outro dia, no Rastoli, um chofer russo me disse: "Você tem a idade da sua classe, seu burguês imundo!". E se isso for verdade?...

– Quisera eu. Eles mesmo assim são fortes, admitamos, esse pessoal das antigas, eles aguentavam o tranco! Dois anos depois da sua sacrossanta guerra, achamos que eles tinham ficado ultrapassados todos ao mesmo tempo, zás! – Mas que sorte... Hein, Philippe, você percebe? Essas pessoas que podiam ser nossos pais, quase nossos irmãos, nossos irmãos mais velhos, subitamente recuando para o passado, virando os contemporâneos do senhor Guizot ou do senhor Thiers... Indo até os guerreiros, os guerreiros da guerra que estão desiludidos no fundo das nossas províncias, tão imbecis! Os regimentos de Reichshoffen, que nada! E dóceis! Deus, como eles nos parecem burros! Ah, caramba! Isso também eles aguentaram. Por mais que a gente não ligasse para eles, eles tremiam de medo, e nos empurravam tranquilamente, pouco a pouco, para um mundinho nosso, simplesmente nosso, para nosso uso, onde eles vinham sorrateiramente colocar o nariz nas suas horas vagas, libertadas, para saber o que estava acontecendo... A política deles, como rimos da política deles! Ninguém desconfiava, achávamos que eles brincavam disso entre eles, como o truco ou a bisca. Mas era em nós que eles apostavam, nós que estávamos em jogo, e nem sabíamos. Quando o rebanho começava a incomodar, eles abriam com duas batidas a porta do jardim de infância. Eles nos deixaram entrar ali confusamente, um empurrando o outro, como num mercado. E esses velhos editores espertalhões que piscavam o olho na porta da loja... Deixem os jovens entrar! Mal dávamos o primeiro bocejo da manhã e já encontrávamos ao lado da cama, de caneta na mão, um sujeito da *Nouvelles Littéraires*. Mas eles sabiam o que estavam fazendo, eles viram ela, a Crise, chegando de longe! E eles tiveram a crise, assim como tiveram a Guerra deles, na hora marcada! Ela chegou como uma geada de abril: todos os botões queimados de uma só vez; estragou-se a primavera! E as árvores quase centenárias, aqueles velhos troncos cavernosos, fervilhando de vermes, como as migalhas na boca de um avarento, que vão reverdecer quando chegar a hora... Veja! Se tivessem me dito, há cinco anos, que um dia eu estaria com o velho Ganse, como seu secretário!...

O belo rosto de Philippe demonstrava aquele tipo de tédio, de enfastiamento cuja impertinência seu companheiro secretamente invejava, ainda que, no fundo, a julgasse um pouco vulgar.

— Sim, disse ele. Eu, como você sabe, não morro de amores pelas artes. Quando você chegou aqui, o patrão me disse que você tinha começado alguma coisa, uma grande obra, pode ser?

— Bah! Uma grande obra, não, mas isso poderia ter sido bem curioso. Era uma Vida...

— Uma Vida? Ah! Já estou vendo... Uma Vida de Joana d'Arc, de Napoleão, de Deibler?

— Era uma Vida de Deus, replicou Mainville, em tom sério.

— Caramba.

Ele se voltou para não ver as bochechas do secretário corarem, aspirou profundamente a fumaça de seu cigarro e disse, com uma voz pensativa:

— A gente sempre pode fazer piada com a literatura dos velhotes. É espantoso pensar que no fim nós parecemos com eles, que nós parecemos com a vida imunda deles. O que você quer, meu querido? A culpa é nossa, nós não tiramos o cenário do lugar. Profissão, pátria, família, mesmo assim você não queria representar aí uma peça surrealista, não é? Ou melhor, é preciso representá-la para si próprio, somente para si próprio. Assim, veja, no começo as coisas iam bem entre mim e meu tio – nem dava para acreditar!... Para ele, eu era a juventude moderna, a juventude moderna era eu. E sem nem dar muito essa impressão – porque, no fundo, aquele macaco velho é esperto! –, a grande pata manchada de tinta me empurrou com a maior gentileza – toc, toc! – e eu tinha caído dentro de um de seus livros. O pior, veja bem, é que eu facilmente teria virado uma daquelas marionetes que ele acha que manipula, e que todos são, não importando o que ele diga a respeito, todos abomináveis pequenos Ganses. Eu estava me tornando Ganse...

Ele deixou o olhar vagar pelo teto.

– Você vai me responder que nós poderíamos nos livrar dos velhotes, matá-los. Ou também admitir agora que somos irmãos, que só entre irmãos há assassinato, que todas as guerras são fratricidas... De minha parte, prefiro achar que eu e eles não temos nada em comum, que não seríamos nem mesmo capazes de nos odiarmos.

Ele largou o cigarro e concluiu:

– Você deveria vir comigo até a célula, Olivier, é divertido.

– Bah! Teus amigos comunistas, eles parecem o pessoal dos seminários. Maldita turma da noite! Com isso, eles cheiram mal.

– Errado, meu caro. Muito asseados.

– Sim, asseados demais, ou não o suficiente. Eles cheiram a água de fonte, a sabão de Marselha e a roupa lavada... Eu preferiria a sujeira, palavra de honra.

– É um ponto de vista, respondeu o outro com uma seriedade cômica. Há verdade no que você está dizendo. E também é verdade que eles estudam horrores. Para mim, uma revolução é coisa que se deveria fazer por brincadeira. E é por isso que eles nunca vão fazê-la sozinhos, eles precisam de nós. Uma questão de foco, de estética...

– Bem, meu caro, você vai bancar o Saint-Just sem mim: eu gosto da minha pele.

– Saint-Just, precisamente... Porque os intelectuais do Partido, melhor nem falar deles, que eles são desprezíveis! Tinta e vaidade. Pelo que dizem, vão comer a sociedade, é uma piada! Eu já os vejo colocando o guardanapo em volta do queixo, enxugando o copo e se enchendo de salada de pepino, como numa espelunca qualquer. Sim, quanto mais penso no assunto, mais acho que a revolução não poderia nos dispensar.

– Dispensar a nós?

– Dispensar a mim, então, dispensar os jovens burgueses como eu. Só nós podemos encenar um belo Terror, um Terror semelhante a uma grande festa, uma verdadeira Temporada do Terror.

– A semana da crueldade, então?

– Seria preciso muito mais do que uma semana, respondeu Philippe, pensativo. Só que nós não teremos a força, veja só, meu querido. Temo que nós tenhamos uma preferência involuntária por uma crueldade antes de tudo gratuita, abstrata. Nós não enxergaremos grande o bastante. Nascemos em plena guerra, o que é que você quer? O sangue derramado não nos assusta, ele nos entedia. Nós o vimos demais, o tocamos demais, o cheiramos demais – pelo menos em sonho. O imperador Tibério não teria terminado em banhos de sangue se tivesse começado por eles.

Ele passou delicadamente seu braço sob o do companheiro e eles ficaram um momento colados um ao outro, debaixo da luz pálida da janela.

– Ouça, meu caro Philippe, disse Mainville, agora que você acabou sua reflexão, entedia-me a ideia de discutir o ocorrido com o velho. Tente fazê-lo entender que, após ter tido a indelicadeza de ler minha carta, ele agiria melhor se...

– Nem pensar! É a mesma coisa que pedir para ensinar pudor e boas maneiras aos macacos do zoológico... E, fique tranquilo, não há nada a temer: ele acha que tem direitos sobre você: ele será paternal. Além disso, ele adora o estilo da sua pequenina obra: "Tão novo, tão fresco, e com inexperiências tão requintadas", eu queria que você o tivesse ouvido. Sua língua enorme saía de sua boca, por mais que eu me dissesse que o que ele tinha nas mãos era só uma folha de papel, eu me perguntei se ele ia violar a sua carta!... Em suma, ele tem uma encomenda do *Fructidor*, uma história romanceada em estilo Reboux, sobre a época da Regência, e ele acha que você faria isso muito bem, açúcar e pimenta... Mas, a esse respeito, meu querido Olivier, aquele trecho de bravura é seu? Foi só você mesmo que fez?

– Ora essa!

– Ah, eu não duvido dos seus talentos. A ideia simplesmente de que você tenha terminado esse trabalho... Você é tão preguiçoso, meu querido!

Os pálidos olhos de Olivier demonstravam ao mesmo tempo inquietude e uma vaidade cínica, que acabou por vencê-lo.

– Um truque de Simone, disse ele num tom de falsa indiferença. Ela queria receber um convite da minha tia. Está louca por Souville, apesar de nunca ter ido lá.

– Nunca foi? Que piada! Olha, em novembro passado, no máximo, ela foi a Souville, entre um trem e outro. Foi Rohrbacher quem me contou. Você não acredita? Uma noite, no Larcher, ela mesma nos mostrou as fotos – uma grande casa cinza, muito imponente...

– É possível que ela tenha tido vontade de ir ver os lugares onde passei minha infância, disse o secretário em tom de brincadeira. Que mal haveria nisso? – continuou, com uma segurança cada vez maior, porque Philippe tinha acabado de lhe virar as costas. Será que você vai me responsabilizar por todas as ideias que possam passar pela cabeça de uma mulher sentimental?

– Guarde seus segredos, respondeu o outro friamente. Você teria de ser ainda mais ingênuo do que já é para ignorar em que mãos você está se arriscando a cair. Por favor! A última coisa de que um rapaz como você pode duvidar é do seu próprio poder sobre um ser que vale mais do que ele. Só não espere, dessa vez, se safar como de hábito, com uma pirueta e uma palavra de almanaque. Abandone as ilusões, meu caro.

Ele colocou no peito do camarada um dedo longo e ossudo, delgado como um punhal.

— Nós temos um coraçãozinho à prova de balas, uma verdadeira pedra muito bem feita, mas nervos frágeis. E nossa vontade não é maior do que a de uma galinha.

— É possível! – respondeu o secretário sem o menor constrangimento. Mas me deixar iludir pela literatura...

— Existem literaturas e literaturas, observou Philippe com ar pensativo, seu rosto fino inteiramente franzido por esse insólito esforço. Essas pessoas creem nas delas. E não estão erradas em crer: sem ela, meu caro, eles não conseguiriam nada.

— Ganse?

— Ganse e outros. Veja, meu querido, não me incomodo de enfileirar frases sobre o que quer que seja, mas eu vou pesando, vou medindo. Escute o imbecil do meu tio falar de suas obras – de Sua Obra! "Um verdadeiro escritor não pode ter filhos", como ele explica. Ora, sim! Ele teria sido capaz de amá-los, isso teria adiantado em dez ou vinte anos a decomposição, aliás inevitável, dos quarenta livros dele. Não me diga que você acreditava na balela do gênio criador dele?... Oh! Eu sei no que você está pensando agora, que, afinal, ele é meu tio. Meu tio? Se eu estivesse certo de que possuo uma só gota daquele sangue nas veias...

— O quê? Você não é...

— Ora, não, seu ingênuo! Todo mundo conhece a história, ao menos da maneira como ele conta, para justificar-se.

Os olhos acinzentados subitamente pareceram ficar verdes, e ele passou convulsivamente as mãos sobre o rosto transtornado.

— Por outro lado, isso não te diz respeito. Por que diabos minha história te interessaria? Sem me gabar, eu já fui mais importante do que você, meu velho. Se hoje somos camaradas...

— É porque você desceu até o meu nível, não foi? – disse Mainville. E logo acrescentou, com uma pungente tristeza, misturada com inveja:

— Eu na verdade não tenho ninguém para odiar ou para amar.

Com o queixo nas mãos, ele ergueu a cabeça para ver melhor seu amigo, de pé do outro lado da mesa, e o olhar que eles trocaram só era conhecido por eles e mais ninguém – aquele olhar de meninos perdidos.

– Ninguém para odiar ou amar. Você tem mesmo sorte! É um luxo para um rapaz rico. Puxa! Nem todo mundo teve a sorte de ter sido criado por um velho padre preceptor. – Eu fui para a escola. E onde? No colégio municipal de Savigny-en-Bresse, meu caro. Quando eu me deparava com ele, às seis da manhã, em seu escritório todo esfumaçado, viscoso de suor, as mãos pretas e a cinza do cachimbo em cada uma de suas rugas – meu querido, eu achava que estava olhando para Balzac...

– E agora?

– Agora... Por algum tempo, tive pena dele. Lá estava ele caído em sua literatura como um rato dentro de uma tigela de cola, e era triste vê-lo chafurdar ali. É preciso ouvi-lo! "Manterei meu ritmo, custe o que custar." O ritmo, você sabe, o famoso ritmo dele, dez páginas por dia... Que nada! A viúva Alfieri lhe deu mais cinco anos, talvez mais dez... Caramba! Ela era o único intermediário possível entre ele e este mundo. Sem ela, nenhum personagem daquela obra gigantesca teria escapado de seu destino: todos Ganses, machos ou fêmeas, pequenos Ganses pululando, pálidos e cômicos, ao gosto do freguês. Mas ela confirmava para ele todo dia a ilusão de que essas marionetes existiam de verdade, existiam fora dele.

– Bah! Você repete sempre a mesma coisa. No fundo, você não se perdoa por ter tido fé em Ganse.

– Há algo de verdadeiro nisso, respondeu o estranho rapaz com um sorriso.

– E agora que você não tem mais fé nele, deveria ao menos ter coragem de odiá-lo ou de amá-lo.

– Pensei numa terceira solução, meu caro colega. Pode deixar.

– Há semanas já...

— Sim, há semanas que eu repito isso, também. Mas você está ouvindo isso pela última vez, porque você não vai mais me ver. Como diz Goethe, hoje o destino muda de cavalos.

— E aonde é que os seus cavalos vão levá-lo?

— Eis a questão, não tenho projetos. Estou inteiramente disponível, meu caro... O que é que você diria, por exemplo, de um suicídio, de um delicado suicídio, bem limpinho, bem tranquilo? Ah! Estou fazendo essa proposta por fazer, por nada, é só pela forma. Porque é possível que nós dois sejamos covardes, mas nossa covardia não é igual. No mais, eu não tenho a mínima pretensão de apelar, considerando essa formalidade indispensável, a nada que se assemelhe ao heroísmo militar. Dito isso, a coisa também será conveniente a você.

— Meu Deus, não digo que não, respondeu Mainville com uma voz pouco segura, ainda que ele se esforçasse para sorrir. Algumas pitadas de...

— Ora, não! Nós somos diferentes exatamente nesse ponto, meu caro. Eu me inclino para uma forma de suicídio menos refinada, popular, um suicídio ao alcance dos companheiros da Célula. E, também, não tenho mais dinheiro. O rio Sena, ou seu afluente mais próximo, é disso que estou precisando... Diga lá, você não vai desmaiar, não é?

— Me deixe em paz, balbuciou o outro, efetivamente lívido. Essas suas brincadeiras são nojentas.

— Nojentas? Por que nojentas? Escute, Mainville, se você me der uma razão, só uma, para esticar por mais alguns anos a minha estadia entre os filhos dos homens, eu renunciarei ao meu projeto, palavra de honra! Vamos, diga! Minha vida está suspensa nos seus lindos lábios, queridinha. Reflita antes de responder, ora! Você está com cara de quem está ruminando alguma coisa. Pois dê uma boa cuspida e fale!

— Você está é brincando com a minha cara... É claro que estamos brincando, não é? Não é mesmo? Vou te dizer... O que é que eu sei? Sua revolução, por exemplo?

— Inútil. Já é bonito, você sabe, que a revolução tenha me dado uma dúzia de amigos que vão acompanhar meu caixão, supondo que eu retorne das profundezas do meu rio favorito. A revolução não é para o meu nariz nem para o seu, e não sou eu que vou fazer um filho nela! E, quanto a servir de alcoviteiro, ora bolas! Será preciso encontrar outra coisa, meu querido.

Ele fixou por um segundo seu olhar em Mainville, que, de repente, perdeu a cor.

— Eis um bom assunto para conversar, meu velho, que pode facilitar consideravelmente o próximo contato com o patrão. Anuncie a ele a minha partida para regiões inacessíveis à sua literatura, e onde não correrei mais o risco de pisar em algum dos seus sapos tagarelas. Assim que começar a falar, você o verá engolir o discurso que tinha preparado para você...

Com a mão já na maçaneta da porta, ele novamente voltou o rosto para seu camarada, cujo sorriso paralisado, ainda repleto de suspeita, exprimia, sobretudo, aflição.

— A atmosfera da casa não te serve de nada, disse ele com um riso seco. Você está sendo cozinhado como se fosse um molho.

III

Com as pontas dos dedos, Mainville enxugou a testa, reluzente de suor. Mais uma vez, ele se sentia enganado por aquele rapaz singular. Sua vontade fraca, sempre cúmplice de seus nervos ainda mais frágeis, não soube fazer dele nem seu amigo nem seu inimigo. Qual teria sido o sentido daquele último aviso? O que havia de verdadeiro, ou ao menos de sincero, naquelas violências alternadamente desdenhosas e afetuosas, que o deixavam hesitante e humilhado, furioso contra si mesmo e mais indeciso do que nunca? Contudo, outrora ele achava que Philippe era seu aliado, se não um amigo, já que seu coração despudorado, profundamente feminino, não sente a necessidade de amizade nenhuma. Sem dúvida, a prudência o desviara bem rápido de uma criatura ao mesmo tempo muito semelhante e muito diferente, na qual ele descobrira, angustiado, o rosto de sua própria inquietude, tornado quase irreconhecível por uma espécie de fixidez horrível. E no cinismo de seu estranho colega, em seus caprichos, em seus acessos de cólera sem razão, em seu riso amargo que cessava subitamente, em seus ardis, ele julgava discernir aquilo que sua frágil natureza mais temia: a sombra e como que o pressentimento de uma tristeza.

Ele levantou a grossa cortina de felpa grená forrada de flanela, tão pesada quanto um reposteiro de igreja cujo hábil drapeado um dia pareceu, ao mestre ainda jovem e inebriado com suas primeiras produções, o próprio símbolo da opulência. A rua, encharcada pela chuva, com seus antiquários sempre vazios, com o luxo absurdo da tabacaria em que reluziam vidraças e objetos de cobre, com seus raros transeuntes, parecia-lhe tão próxima que ele tinha a impressão de que sentia, através dos vidros, aquele aroma brando e doce que para ele era o cheiro real da cidade.

É verdade que antigamente ele tinha desejado Paris, mas com o único desejo de que era capaz – um desejo dissimulado, misturado com certo medo. E agora ele queria que ela o tivesse decepcionado. Não que ele tenha algum dia sonhado conquistá-la, como Rastignac ou Sorel, já que todas as suas vaidades juntas não davam uma única ambição digna desse nome. Aquilo que ele censurava na imensa cidade, que ele julgara dura, feroz até, era justamente sua facilidade extraordinária e incompreensível. De longe crispada de defesas, reservada, secreta apesar de sua hipócrita balbúrdia que só engana os tolos, bastava aproximar-se dela para que se abrisse, se deixasse ver tal e qual, tão parecida com suas irmãs provincianas, sem se distinguir delas exceto por um enorme desejo de agradar. Ele não perdoava sua fingida indiferença, suas tagarelices, sua cordialidade vulgar, seus vícios dissimulados e suas virtudes ainda mais dissimuladas que seus vícios. Mas, enquanto ele se vangloriava de acariciá-la com as pontas dos dedos, como se fosse um animal de estimação, barulhento e inofensivo, ela já o tinha devorado.

"Aquilo que o trouxe aqui, aos nossos ares, seu tolo, foi aquele odor de casa velha e sábia, os ladrilhos encerados, a naftalina e o pano de Jouy." Aquelas palavras cruéis de Philippe tinham acertado seu peito em cheio. Seria então verdade? Será que ele nunca tinha saído da infância? "Aparece a criança e a família...",[1] os versos, aliás, medíocres, do velho Sátiro repentinamente extasiado com a paternidade zumbiam-lhe na memória como vespas. Existe, então, alguma espécie de inocência

---

[1] "*Lorsque l'enfant paraît, le cercle de famille...*" no original, em referência ao poema de Victor Hugo.

carnal, capaz de resistir a todas as experiências e que nem mesmo o vício consegue corromper? A qual vício ele sacrificara seus prazeres? E seus prazeres, aos vinte anos, ainda eram os mesmos de sua delicada adolescência: a firmeza de seu corpo jovem acariciado no chuveiro, as longas manhãs preguiçosas, transbordantes de uma lassidão inefável, o sono que chegava por vias misteriosas, ladeadas de visões voluptuosas, ou mesmo coisas mais simples: a prova de um novo terno, a escolha de uma gravata, o jogo de luz e sombra em sua bela mão – aquela mão esquerda de que ele se orgulhava tanto, e que a manicure toda semana segurava entre suas duas palmas como um pássaro precioso.

Não, ele não tinha ido a Paris conquistar nada. Tinha ido, talvez, com a secreta esperança de ser ele mesmo conquistado, de encontrar um mestre. Hoje não lhe basta, como antigamente, reconhecer em tantos rostos aquele sorriso de simpatia, de cumplicidade um pouco protetora, de indulgência entretida, gentil... Mas sua juventude mesmo assim continua incansavelmente a não se poupar de fantasmas quase tão sólidos quanto as imagens de seus sonhos. Contudo, ele permitiu que ela fosse capturada. A mão que se plantou sobre essa preciosa presa é daquelas que nem a morte consegue fazer soltar.

Nada mais o havia avisado do perigo. Sua desconfiança natural só costumava adverti-lo contra perigos imaginários, já que sua ignorância de si próprio é absoluta, a ponto de falsificar quase sempre o julgamento que faz dos outros, apesar de uma sutileza verdadeira. Como muitos rapazes de sua idade, ele não vê nas moças nada muito além de concorrentes desleais cuja esperteza rude e infatigável ele teme e despreza ao mesmo tempo, assim como aquele servilismo temperado pela impertinência cuja tradição se perpetua ao longo das eras, desde que o mundo é mundo. As mulheres que ele encontrou na casa de Ganse mal se distinguem de suas próprias filhas, que elas macaqueiam tão perfeitamente, até mesmo em seus tiques, de tal modo que o ridículo de umas e de outras, assim que algum acaso as reúne, assume imediatamente um caráter quase trágico. A amizade do secretário e da senhora Alfieri foi travada ao longo daqueles chás cheios de conversas, e nascida de seus silêncios recíprocos, das alusões veladas, de olhares trocados sobre as mesas. O silêncio de Mainville é geralmente aquele da criança mimada – silêncio de birra ou de malícia. O de sua amiga é sorridente, pacífico, tão desinteressado de tudo, que nenhuma dessas mulheres da moda, cujo passado é conhecido, ousa tratá-la como igual, o que sempre tornava possível, quando a ocasião permitia, uma insolência refinada. Por longas semanas, eles mantiveram uma espécie de cumplicidade. Mas uma noite, em que estavam juntos diante da porta do senhor Ganse, quando ele já estava com a mão na maçaneta da porta, ela colocou-a sobre a dela, e roçou gentilmente, em torno do punho dele, seus longos dedos frios. E depois...

Ele tinha se defendido de seu melhor, mas como se defender contra uma ternura tão imperiosa e ao mesmo tempo tão discreta, que nada exige, e que, contudo, mesmo quando ela se manifesta da maneira mais humilde, não perde seu orgulho, sempre parecendo ser sua própria causa? Nunca ele a tinha apanhado em falta, nunca ela tinha se deixado surpreender em flagrante delito de coquetismo, e ela dissimula cuidadosamente todo desejo de agradá-lo. Deus!, como ela conhece bem a fraqueza dele, aquela necessidade inconfessada de amizade masculina que o assombra há tantos anos, e que cria em torno dele, sem que ele perceba, uma atmosfera vagamente equívoca, que é a diversão de seus familiares! Tudo nela, inclusive seus cabelos escuros, aquele penteado severo, aquele perfume de âmbar, a limpeza do rosto nunca maquiado, a textura da pele à mostra – sua tez fosca e quente – gratifica seus apetites secretos, confirmando-lhe certas repugnâncias físicas insuportáveis, como seu horror às carnes louras demais, luminosas, inchadas de vitalidade, como aquelas mostradas por suas belas colegas do clube de natação.

Esse roçamento das mãos permaneceu sendo, até aquele momento, a única confissão, o único momento de fraqueza da mulher que, como costuma dizer a ilustre natural de Sermoise, com o mesmo gesto irritante de seus dedos vorazes, é "uma cortesã da renascença italiana no exílio". Sugestão que faz rir, uma vez que a indiferença da senhora Alfieri pelos cosméticos era tão famosa quanto a avareza de Ganse, e dela só eram conhecidos três ou quatro modelos de vestidos, que ela mandava reproduzir iguais, há dez anos, excetuando as modificações de detalhes que sua costureira julgava indispensáveis. Mas o homem de dedos vorazes mantém suas palavras, e deixa entender perfidamente que esse desprezo deliberado pelas homenagens masculinas talvez esconda outra paixão menos confessável. Contudo, é notório que nenhuma das belas amigas equívocas do velho Ganse, conquistadoras ou prisioneiras, jamais obteve da senhora Alfieri nada além desse mesmo sorriso congelado, que levanta ligeiramente as pálpebras, dando-lhe o olhar oblíquo dos modelos de Leonardo.

Ela trabalha dez horas por dia, afirma seu patrão com aquela solicitude carniceira que ele exibe de bom grado aos colaboradores de quem abusa, e que ele considera simpatia. Além disso, em seus momentos de bom humor, ele acrescenta, após uma breve piscadela dirigida aos bastidores: "E para conseguir isso de Simone, meu caro, impossível: é um mármore!". O doutor Lipotte – que ficou famoso por suas crônicas no *Mémorial*, onde despeja a cada semana, a título de psiquiatria, uma torrente inexaurível de imundícies de onde emergem bruscamente, como detritos num bueiro viscoso, as palavras sagradas, as palavras totêmicas do vocabulário profissional – afirma que ela apresenta um caso bastante curioso, mas não tão raro, de frigidez. Ele também deixa entender que esse primeiro sintoma dissimula outros, mais graves, de delírio místico. Porque a senhora Alfieri passa por mística, segundo o discreto testemunho do monsenhor Cenci, que, ao falar dela, com uma voz de quem vai fazer uma confidência, repete aquilo que já disse tantas vezes, há meio século, sobre as tigresas mundanas. "Uma alma que se busca", diz ele, com a mesma expressão gulosa que faz para degustar, ao fim de uma refeição, um conhaque centenário...

Mainville não conseguiu não contar a Philippe algo de sua aventura, mas, para sua grande surpresa, seu interlocutor o ouviu em silêncio, fixando nele um daqueles longos olhares que desconcertam qualquer pessoa, e que valeram a esse rapaz, geralmente considerado um cretino, a reputação de animal perigoso, de quem sempre se pode temer levar uma boa dentada. Ele se calou, inevitavelmente. Por mais hábil que fosse na mentira, ele não conseguia efetivamente falar nada sobre essa singular amizade sem se revelar perigosamente a si próprio. E, contudo, ninguém o supera na mistura artificial do falso e do verdadeiro, mas sua inteligência é delicada demais, frágil demais para inventar do nada um papel à altura de uma mulher tão diferente daquelas que ele julgava conhecer, ou que ele recriava à sua própria imagem. A inverossimilhança fora grande demais, e ele sentiu que corava.

Esse segredo, ademais, não o desagrada. Ele se habituou às confidências pela metade, que ela nunca parece instigar, mas cujo gosto ela lhe tinha dado, porque sabia interrompê-las no minuto necessário, e seus silêncios graves são mais afetuosos do que suas mãos. Em seu minúsculo apartamento na rua Vaneau, o cofre de Abdullah está sempre cheio, o coquetel favorito chega como que por si só à mesinha. Ela tem uma maneira própria, só dela, de falar-lhe de seu passado, de sua infância, de fazer dele adolescente de novo. E, um dia, um dia em meio aos dias, ela lhe ofereceu sem dizer uma palavra a caixinha fina, o falso tijolinho de ouro feito para afastar os indiscretos, repleto de pó branco.

Teria ela premeditado esse gesto, selando, assim sua, cumplicidade mútua? Diversas vezes ele se fez essa pergunta, sem conseguir respondê-la. Provavelmente, ela acreditou em suas vanglórias, já que ele afeta muito bem os vícios que ignora. Mas, na primeira cheirada, ainda que medíocre, desde que ela viu seu olhar flutuar, e seu rosto repentinamente lívido, petrificado, com certeza ela entendeu, ainda que não tenha deixado transparecer nada. E, desde então, só raramente ela lhe oferece a caixinha dourada. Ela tem de se abastecer com muito custo junto a intermediários que ele abomina, uma vez que ele preserva de sua educação provinciana uma marcada falta de tato com intermediários, sendo ora desdenhoso, ora familiar demais, ao passo que Philippe, que de bom grado usa o trato familiar com esses canalhas, consegue maravilhosamente, com um simples dar de ombros, "manter a distância" – segundo sua expressão favorita.

Manter a distância, eis aquilo que Mainville, na verdade, nunca soube fazer. Seis semanas em Paris bastaram para estilhaçar a ironia que ele antes tirava de seus autores favoritos, e que lhe parecia uma arma tão segura. "Você não tem *punch*, fazer o quê?!" – observa o sobrinho de Ganse, com piedade. E, caridosamente, explica que "isso não tem importância", endossando o argumento daquele olhar que subitamente foge, empalidece e transmite aos amigos do velho Ganse que o rapaz vai acabar mal. Sua conversão ao comunismo, de início, apenas lhe trouxe atenções lisonjeiras, e os favores da princesa de Borodino, que, após uma breve estadia em Moscou, tinha ficado louca por Stalin. Mas ele não levou a sério por muito tempo seu papel de jovem intelectual do Partido, e hoje frequenta os dissidentes obscuros, suspeitos de terrorismo, e que nem sequer são pederastas...

A noite cai, invisível como sempre, e parece escorrer pelas fachadas encharcadas de chuva. Mainville pensa em outras tardinhas que passou vendo piscar o olho único e fulgurante da tabacaria. Como que por si só, seu dedo magro colocou-se em sua têmpora e começou a contar maquinalmente as pulsações da artéria cada dia mais precipitadas, mais breves, com pausas insólitas, com longos silêncios que lhe fazem suar a testa. Deus, que medo ele tem de morrer! Como ele é sozinho! Será que realmente, como diz Philippe, ele pertence a uma geração infeliz, expiatória? A palavra infelicidade não representa para ele nada de sublime, e só lhe desperta imagens sórdidas de infortúnios, de tormentos, e as catástrofes próximas que os mais velhos ficam prevendo infatigavelmente não lhe inspiram nenhuma curiosidade. Guerra? De novo? Por mais longe que ele volte no tempo, não consegue ir muito além de 1917. Sua mãe morrera um ano antes, num sanatório suíço, e dessa pálida figura ele não se lembrava. O pai não sobreviveu por muito mais tempo, morto por um granuloma fulminante que em poucas semanas devorou seus pulmões já devorados pelo gás mostarda. A tia-avó que a família chamava de tia Voltaire, por ter guardado de seu marido defunto, procurador em Aix, as opiniões republicanas, ficou com ele um pouco, mas, como ela não gostava muito dele, após uma breve passagem pelo colégio de Mézières, ele um dia se achou no presbitério do encantador velho padre de Tourange, louco por arqueologia e por literatura, que lhe deu cinco anos felizes de lazer, sob aquele céu enfraquecedor, às margens daquelas águas vastas e lentas. Padre estranho, com seu olhar turvo, tão doce, tão terno, cor de violeta, com sua indulgência misteriosa, e aquele sorriso, tão mais desgastado do que o olhar, desgastado por ter visto coisas demais, de ter visto a vida demais, por tempo demais... Será que ele tinha fé? – Mainville se pergunta, às vezes. Em todo caso, a de Olivier foi-se apagando dia após dia, e ele nem se deu ao trabalho de informar seu velho companheiro, a quem ele acompanhava todos os domingos, aos bocejos, à capela das Damas de Sião, onde ele era capelão, as quais guardavam para ele as melhores garrafas do vinho palhete de que ele tanto gostava. Gostava demais, ah! porque morreu de uma crise fulminante de uremia, numa noite de verão, numa poltrona, com uma preciosa edição das *Fábulas* de La Fontaine fechada sobre o peito, um exemplar único que pertencia ao marquês de Charnacé, seu antecessor na presidência da Sociedade Arqueológica de Saumur.

Mainville passou dois anos com sua tia, dois anos divididos em preto e branco. Entre aquela velha mulher e ele não havia ternura alguma, mas sim uma curiosidade recíproca. Desde o primeiro dia, os olhos acinzentados, carregados de uma experiência implacável, reconheceram sua fragilidade e ela o tratou com aquela solicitude zombeteira e despótica, a ironia familiar que ela dispensa a seus animais favoritos. "Eu achava que você era um menino de coral", dizia ela às vezes, sacudindo a cabeça, e seu olhar fazia a criança enrubescer até as orelhas. Visivelmente ela encontrava nele algo de seu próprio gosto pelo prazer, mas o temperamento, ah! é o da mãe. "Sua mãe! Uma natureza tão frágil!". Ela também dizia: "Vinte anos atrás, eu teria te odiado, meu querido!". Hoje ela o vê como um companheiro possível – na falta de outro melhor –, um álibi para o tédio que a devora, e que ela não admite jamais... Eles liam juntos os livros enviados a cada quinzena pelo livreiro de Meaulnes, que se parece com Anatole France, a quem ele cultua, e que ele se esforça para imitar em tudo, inclusive engravidando as empregadas.

 Ele abandonou a casa cinza sem alegria, ainda que o mundo ficasse surpreso por ele ter conseguido viver dois anos com a castelã cujas avareza e maldade são famosas, uma vez que ela utiliza esses dois vícios, como, aliás, os outros também, com o fim de zelar por seu repouso, e os ostenta com um cinismo calculado que afasta os inconvenientes. Por tudo isso, Paris o atraía. A cidade aparecia em seus pensamentos como a melhor opção, favorável às empreitadas dos rapazes. O acaso o levou a Ganse – uma entrevista para *Art et Magie* – e ele ali ficou porque sua fraqueza necessita de um senhor e porque sua vaidade não toleraria um mestre que ele não se achasse no direito de desprezar. Por qual fatalidade ele sentiu que deslizava, pouco a pouco, para aquelas regiões turvas para as quais ele não sente que foi feito, onde o trágico e o burlesco fazem germinar, lado a lado, suas flores monstruosas? Ai! Na verdade, ele é realmente impotente contra a grosseria da vida cotidiana, com sua enorme voracidade. Ninguém duvida do tremendo esforço que fazem os frívolos para cumprir seu destino, enquanto o drama fica à espreita por trás de cada um de seus prazeres, e que eles têm de passar, sorrindo, diversas vezes por dia, perto de sua boca escancarada, certos de que cairão, mais cedo ou mais tarde, porque contam-se nos dedos aqueles que mantêm o desafio até o fim e que escapam à terna majestade da agonia, conseguindo fazer de sua própria morte uma coisa impura.

 A magra mesada enviada pela velha dama não bastou por muito tempo, e chegaram as dívidas. Elas o pegaram de surpresa, porque nesse aspecto suas defesas eram inexistentes. Seu atrevimento de nada vale contra "o Credor", criatura imaginária que parece ter saído de um de seus pesadelos infantis, e a quem seu preconceito de filho de família provinciana empresta certo prestígio cômico. Descobriu, então, que há muito tempo vivia sem perceber entre jovens aventureiros que fingiam, por prudência e por polidez, assemelhar-se a ele como irmãos. E por mil fissuras invisíveis, e também por uma água sombria e secreta, a fatalidade que ele abomina entrou em seu destino.

* * *

— O que é que você está fazendo aí, de dedo na têmpora?

Ele não a ouviu chegando, como sempre, e seu olhar hesitou por muito tempo, tanto tempo que ela fez um breve movimento de impaciência, aquele duplo bater das pálpebras que sempre coloca Mainville na defensiva.

— Seu patrão tem um humor!, disse ela, desviando imediatamente os olhos. Mais uma tarde desperdiçada... Você deveria passar esta noite no Gassin, que o tempo urge. Eu chego a me perguntar se amanhã vamos ter as trinta páginas para a *Revue*...

— E depois?

— Você não é justo, disse ela com um sorriso indefinível. Você raciocina como uma criança.

— Uma criança? Você, sim, é que deve estar perto de voltar à infância! Qual é o sentido dessas histórias todas? Se o velho Ganse não tem mais nada dentro de si, que se diga, então!

— É preciso viver. Ah! Nem falo de dinheiro, respondeu ela sacudindo a cabeça. Cada um de nós tem sua razão de viver. Existem as brilhantes, as vantajosas, mas essas não são as melhores, as mais sólidas...

— Bem, que seja! Admitamos que Ganse tenha encontrado a dele à custa dos cem mil imbecis que o leem. Como ele mesmo foi devidamente sugado pelos vendedores de tinta, isso não podia durar para sempre.

— Mas é claro, disse ela com uma voz pensativa. Por que você o odeia tanto? Ele é muito bom para você, depois de tudo, muito indulgente...

— Incompatibilidade de humores, imagino. E no mais, sua razão de viver me irrita. E eu, será que tenho alguma razão de viver?

— Não, disse ela simplesmente. Nenhuma.

— E daí? Isso prova que é perfeitamente possível viver sem isso. E você, tem uma?

— Ainda não.

Ela ria com uma pequena risada circunspecta, furtiva, que contrastava com seu belo olhar tranquilo. E, de repente, ela pegou entre o polegar e o indicador o punho fechado de Mainville, colocou-o gentilmente sobre a mesa, e, abrindo os belos dedos um a um, roçou com os lábios a palma vazia.

— Não torne a fechar a mão, disse ela, lembre do que prometeu.

Mas ele retirou o braço tão vivamente que ela deixou escapar duas notas de mil francos, que escorregaram de seus joelhos para o tapete.

— Não! — protestou ele, com uma voz cansada. Isso já daria um total de treze mil, cento e sessenta e sete — tenho nossas contas certinhas — é demais. Além disso, Gasteron me prometeu esperar.

— Seja razoável, Mainville. É hora de retirar a letra de câmbio, ontem mesmo eu vi Legrand. Talvez já seja até tarde demais.

— Não estou nem aí.

— Mas eu estou. Reflita um pouco, meu querido. E sobretudo me deixe falar. Você sabe que eu me explico muito mal, não tenho o hábito, eu nunca discuto. Por uma bagatela você vai deixar sua tia muito zangada e, quem sabe... Você me disse outro dia que ela perdoaria tudo, menos o uso indevido do nome dela, de sua assinatura. Não se joga assim pela janela uma herança de um milhão e oitocentos mil francos!

— Não estou nem aí para a herança também.

— Já eu estou. Tente compreender. O dinheiro que eu te emprestei é quase tudo que eu possuo, já que os cem mil francos de títulos não existem.

— Hein?

— Eu fingi que era mais rica para facilitar as coisas, sei que você não gosta muito de dilemas morais. Eu já tive aqueles cem mil francos, agora não tenho mais, e pronto. Em suma, você há de convir que não seria nada leal da sua parte destruir por brincadeira, por um capricho, a única chance que me resta de ser reembolsada um dia.

Enquanto falava, ela já tinha colocado discretamente as notas no bolso do casaco, ao mesmo tempo que seu olhar, passando por cima dos ombros de seu amigo, refletia por instantes o vidro turvo e as luzes da rua.

— Entendido! – disse ele, tentando dar a seu rosto pueril a expressão que ele observou tantas vezes no rosto de seus colegas, e cuja vigorosa vulgaridade lhe parecia a única coisa que poderia esconder seu constrangimento naquela hora.

A senhora Alfieri não fez nenhum movimento para contê-lo e, enquanto ele se dirige levemente para a porta, ela continua a fixar o mesmo ponto inacessível, no alto, acima dos telhados resplandecentes de ardósia.

Ele se volta uma última vez. A surpresa, mais do que a cólera, sufoca-o. Mas o que o irrita ainda mais, que o afoga inteiramente no nojo, na vergonha, num sentimento inconfessável de libertação, é a certeza física de que ele aceitará a lição, de que ele não pode não a aceitar. Enquanto o sangue sobe-lhe até as bochechas, turva-lhe o olhar, sua cabeça pequena e dura raciocina, pesa os prós e os contras e mede o risco de um gesto irrefletido. Como ela o conhece bem. Com que destreza ela fincou sua bandeira! Como ela soube esperar pacientemente a ocasião de humilhá-lo uma vez, de uma vez por todas – de uma vez por todas e que não se fale mais nisso!... – Certamente, ele ainda poderia... Tarde demais. Para quê? Suspira nele sua própria voz, é tudo que é preciso devolver agora, tudo ou nada... E, de cabeça baixa, ele maquinalmente amassa as notas no fundo de seu bolso. A letra falsa fora retirada justamente por ele dois dias antes, graças a uma feliz combinação. "Não lhe direi, ou lhe direi mais tarde", pensa.

IV

— Meu jovem, disse o senhor Ganse, meu sobrinho lhe entregou a carta? Bem. Você a havia deixado no meio dos meus papéis, comecei a lê-la sem saber exatamente do que se tratava, palavra de honra. Veja, aliás, que você a escreveu no nosso papel de trabalho, e sem utilizar o verso das folhas. Em suma, li até o fim. Um saboroso naco de literatura.

Ele se recostou completamente em sua poltrona de couro, com a mão gorda pousada de costas sobre a mesa. Assim recolhido, com o pescoço enfiado quase inteiro entre os ombros, com as marcas do sono ainda no rosto — aquele sono duro que ele deve aos calmantes —, com sua voz pastosa, suas bochechas inchadas, seu olhar jamais restaurado por um verdadeiro repouso — seu olhar de véspera, nas palavras atrozes de Philippe —, a terrível crueldade daquela vida ficou subitamente evidente para Mainville e de modo tão trágico que ele se calou.

— O ar daqui não lhe faz bem, continuou ele, vou mandar você de volta para sua família.

— Para minha família? É a mesma coisa que dizer que vai me mandar para o outro mundo, meu senhor. Porque eu não tenho mais família, ou tenho tão pouca que corro o risco de não encontrá-la, nesse mundo tão grande...

— É... Nada mal... Bem. Mas não estamos aqui para brincadeiras. E que mania essa sua, de ficar dando aqui e ali essas respostas teatrais! Você faz isso de propósito?

— Não, senhor. Careço naturalmente de naturalidade. Mas é bem possível que, às vezes, eu seja natural sem perceber. Nem sempre temos o domínio de nós mesmos.

— Sem dúvida... Sem dúvida... Ao menos seja justo comigo em uma coisa, eu deixei você inteiramente à vontade para ser natural ou não. Ai! Vocês são todos iguais. Somos nós que parecemos estar usando vocês, mas vocês devem ter inventado uma forma superior de egoísmo. A paciência diabólica de vocês vai acabar desgastando até o diamante. Estou absolutamente exausto, meu caro.

Ele estalou os dedos com aquele gesto grosseiro que toda vez provocava nos lábios de Olivier um sorriso mal contido de desgosto.

— Eu acreditei na juventude, continuou ele, eu achava que um escritor que estava envelhecendo iria reencontrar nela, no contato com ela, aquilo que ele corre o risco de acabar perdendo, aquela curiosidade sem a qual... Não sei do que você está rindo, meu rapaz.

— É mais forte do que eu, respondeu o secretário, o tempo todo impassível. A nossa geração – que palavra lastimável! – não tem rigorosamente nada de pitoresco, admito. O senso do pitoresco deve ter morrido com os marechais Boulanger, Joffre ou Clemenceau.

— Desculpe, o general Boulanger...

— Ah! Ele não era marechal? Enfim, apesar de tudo, dos três ele é o menos antiquado.

A testa do senhor Ganse se cobriu imediatamente de mil pequenas rugas concêntricas, como a superfície da água em que se atira uma pedra.

— Somos todos antiquados, disse ele, de fora deste mundo. De fora do mundo.

Maquinalmente, ele reuniu os papéis espalhados sobre a mesa, tossiu e disse, com uma espécie de timidez ríspida, verdadeiramente dolorosa:

— Veja que eu poderia ter disfarçado facilmente a indiscrição que cometi: bastaria que eu tivesse colocado a carta na sua gaveta, mas eu não quis esconder nada de você. E, no mais, não existem segredos para você, os segredos chegam a você por si sós, naturalmente. Para você, eles atravessam as paredes, eles saem do chão. Em algumas semanas, você vai ter sugado todos os segredos que existem nesta casa e eles não parecem lhe fazer mais mal do que um copo de água fresca, porque uma coisa é preciso admitir a seu respeito: você nunca é surpreendido atrás de uma porta, ou com a mão no cesto de papéis. E, mesmo assim...

A bela figura de Mainville, um pouco pálida, enrugou-se como o focinho de um gato, enquanto seu olhar percorria lentamente as flores do tapete, até chegar à janela entreaberta.

— Sua carta tem partes boas, excelentes mesmo. Em suma, você não me julga tão mal assim. Contrariamente ao que você vai pensar, sem dúvida, mas que importa! Por um momento, a carta me fez lamentar ter de me separar de você. Mas, mesmo assim...

Ele passou diversas vezes a mão enorme pela bochecha, com um suspiro.

— O retrato da senhora Alfieri, hum, hum! Escute, meu jovem, vamos falar claro. Acredite no que quiser, mas lhe dou a minha palavra de honra que, nos dez anos em que trabalhamos juntos, ela e eu... Pois bem! Nada disso, meu caro – está entendendo? – Nada disso. E, Deus me perdoe, posso lhe garantir que, aos vinte anos, ela era diabolicamente bela.

— Isso só vem provar uma coisa...

— Que eu não gosto dela, né? Deus do céu, lamento contrariá-lo, nós nos entendemos muito bem, nós nos interessamos um pelo outro – prodigiosamente...

Ele caminhava pelo escritório estalando os dedos furiosamente. De súbito, parou e seu olhar se fixou no de seu interlocutor com uma expressão tão indefinível de cólera, tristeza e medo que Olivier parou de sorrir e desviou os olhos.

— Évangéline, meu rapaz, continuou ele (pela primeira vez, Mainville ouvia-o referir-se assim à secretária, e ele se deu conta – não sem uma angústia fugitiva e secreta – de que nunca sua amiga tinha pronunciado na sua frente esse prenome singular), Évangé... Simone, enfim, é um mundo. Não o estou avisando de nada contra ela, estou simplesmente dizendo...

Ele se deixou cair na poltrona, ou melhor, lançou-se a ela, de tal modo que o assoalho gemeu embaixo de seus pés.

— Ela é tão natural quanto você é pouco natural... Tão viva que... Ela é a própria vida.

Seus pequenos olhos, como que desgastados por tantas noites sem dormir, e cujo cinza levemente azulado recordava a fumaça de incontáveis cigarros, fixaram-se nos olhos do rapaz com uma atenção quase intolerável, que, tão rápido quanto um relâmpago, deixou visível a Mainville, assim como o rosto de um prisioneiro atrás das grades de um calabouço, o gênio sombrio – *ingenium* – que trinta anos de um trabalho imenso não conseguiram libertar.

— A Vida... Naturalmente, você não sabe nem o sentido dessa palavra, não é? E o tédio? Ah! O tédio! Você lá sabe o que é isso? Não é preciso observá-lo por muito tempo para concluir: esse rapaz nunca se entedia. Sua geração – sim, a palavra o aborrece, dane-se! –, sua geração vive bem com o tédio, e também com o resto... Nós nunca vamos ficar entediados juntos, entende? Seu tédio é estéril, é um tédio límpido e insípido, como a água...

— Um tédio fecundo, o que é que você entende por isso?, eu me pergunto.

— Admitamos que não estamos falando da mesma coisa. No mais, não estou nem aí para as abstrações. Para refletir, preciso imaginar alguém que vai e vem, que ri, chora, gesticula. E, por exemplo, enxergo perfeitamente uma... Enfim, imagine uma mulher excepcional – moralmente – sim: as mais altas qualidades morais, uma mulher superior arruinada por... Você está rindo por quê?

— Porque você disse agora há pouco que essa mulher extraordinária era tão natural quanto eu não era. Não creio que seja possível ser ao mesmo tempo tão natural e tão arruinada...

— Sim, vocês todos imaginam que a única coisa natural é a busca do prazer. Quem pensa assim é criança, meu caro. Eu, ao contrário, acho que um ser tem de transcender-se ou renegar-se. Vocês, vocês se renegaram de uma vez por todas – ah! Não doeu, admito. Mesmo assim, um homem deveras superior é naturalmente sacrificial, ele tende naturalmente a imolar-se por algum objeto que o transcende, ele arrisca transformar-se naquilo que chamamos de herói ou de santo. Isso acontece uma vez em mil. Muitos chamados, não é? Poucos escolhidos. O resto é vício.

Ele estalou novamente os dedos. O imenso cansaço de seu rosto acentuou-se a tal ponto que sua mandíbula inferior pareceu distender-se como a de um morto e ele ficou um longo momento num silêncio solene, com as mãos fechadas nas têmporas, boquiaberto.

— No mais, não sei o que entendem exatamente por santidade. Mas não estou longe de acreditar que a senhora Alfieri seja uma espécie de santa – ah, sem milagres, claro! – uma santa triste. Minha falecida mãe, muito piedosa, tinha o costume de dizer que os santos tristes dão tristes santos. Os santos tristes são os santos sem milagres, claro. Estou me exprimindo muito mal, mas entendo bem o que quero dizer. Imagine que uma santidade tenha alguma brecha, alguma fissura por onde o tédio escapa... A santidade pouco a pouco envenenada, apodrecida, derretida pelo tédio...

Ele levantou a cabeça e voltou-a para a pálida luz da janela.

— Isso a senhora Alfieri é assim, disse. Eu sei que vocês dois, Philippe e você, me consideram um sujeito grosseiro, sumário, mas, mesmo assim, não somos imbecis, que diabos! Se eu mantive essa reserva em relação à sua amante – ah! não negue, é inútil, você dorme com ela, meu jovem – sim, eu poderia dizer desde quando, meu rapaz,

perfeitamente, o dia exato! –, é porque eu tenho minhas razões, ora! Veja, não entenda isso mal: você gosta de romances policiais?
— Muito.
— Eu também. Então! Se você não está se sentindo muito tranquilo – se está um pouco agitado, um pouco ansioso, se você não está sentindo que está no controle de si, dos seus nervos, você não abre um romance policial?
— Depende.
— Exato. E nesses momentos, se você tem a infelicidade de abrir um deles, você não o fecha, você lê até o fim. Veja! Observe que eu poderia trocar a palavra "policial" por alguma outra equivalente – fantástico, por exemplo. Estou falando de livros que despertam a imaginação, que a fazem girar na mesma direção até ficar atordoada, até a vertigem. Porque sua amante nunca teve nada a ver com a polícia, naturalmente. A única coisa verdadeiramente trágica, em suma, é a tragédia interior... eh... eh... O drama isolado numa redoma.

O tom dessas bizarras confidências, a horrenda simplicidade das alusões tão pouco hesitantes, tão pouco veladas, pareciam ter pouco a pouco vencido a resistência dos nervos de Olivier Mainville. E a angústia que ele sentia subir de seu frágil coração só poderia libertar-se por meio da cólera, uma raiva cega que já deixava seu olhar ora pálido, ora enegrecido.

— "Isolado numa redoma", repetiu ele com toda a insolência de que ainda era capaz. Bah! Você colocou uma válvula de segurança na caldeira e ela é que faz girar o seu moinho.

Para sua grande surpresa, a mera visão do velho homem remexia nele algum fundo turvo, algum pressentimento absurdo. E quanto mais ele se esforçava para dominar essa obscura inquietude, mais a sentia correr pelos ossos. "Esse velho canalha quer me deixar maluco", pensou. Suas mãos suavam e tremiam no fundo de seus bolsos, e ele teve por um momento a ridícula tentação de partir para cima dele, de socá-lo violentamente, no meio da cara.

O patrão, porém, nem sequer acusou o insulto. Pelo contrário, ele replicou muito calmamente:

– Seria possível perceber alguma coisa nisso que você acaba de dizer. Isso não me ofende. Sim, Simone foi imensamente útil para mim, é a ela que devo o que meus últimos livros têm de melhor, por que negar? Talvez um dia eu explique... Isso podia ser explicado, que belo tema! Nós trocamos ideias muito bem, meu rapaz – mas as ideias não me interessam. Por que não trocar sonhos e, sobretudo, sonhos ruins? Poderíamos carregar juntos os sonhos ruins, porque os sonhos ruins são pesados. E veja com que frequência excessiva as ideias se acrescentam umas às outras como números. Já os sonhos, por sua vez, ou se combinam ou não se combinam – uma verdadeira química. Quando encontramos a proporção certa – zás!...

Ele fingia não ver a agitação cada vez maior de Mainville, mas seu olhar quase não se desviava das mãos que o rapaz tinha colocado no canto da escrivaninha.

– Nós prestamos serviços um ao outro, disse ele com uma voz gentil. Aquilo que ela me oferece só pode servir a nós dois. E se você quiser acreditar em mim...

Olivier não ouviu o fim da frase, porque tinha acabado de virar as costas, quase sem se dar conta disso. A porta bateu violentamente atrás dele, e só muito mais tarde ele se lembrou dos olhos assustados da porteira que lhe entregou um punhado de cartas, e a quem ele respondeu com um impropério.

A rua estava escura de tanta chuva.

V

— Cara amiga, disse o senhor Ganse, eu me pergunto com que propósito, há algumas semanas, você insiste em me contradizer em tudo. Por exemplo, com esse perfume. Seu cheiro é horrível. Estou dizendo isso sem a menor intenção de ofendê-la: seu odor é o que é, doce para alguns, intolerável para mim. Além disso, você inventa a cada dia um tique novo, ontem ficava torcendo o pescoço, hoje fica esfregando um calcanhar no outro, amanhã talvez vá ficar fazendo malabarismos com os candelabros ou bater tambor. E nesta manhã comecei meu trabalho nas melhores condições – em condições inesperadas! Sim, cara amiga, há muito tempo eu não sentia a minha inteligência tão límpida, tão livre. Com alguma sorte, eu poderia ter acabado esse capítulo hoje, em duas horas, só! Mas, por tudo que é mais sagrado! Quando você decide parar de fazer essas suas caras, é o aspirador que começa a funcionar no máximo, e minha escrivaninha começa a vibrar como a casa de máquinas de um navio. E agora, chega! Pode tirar tudo da minha frente! Não quero mais escrever hoje.

Gentilmente, a senhora Alfieri reuniu as folhas espalhadas, fechou a fivela da pasta de couro e esperou. Brincadeira nenhuma, insulto nenhum – lisonja nenhuma, também – do autor de *Ismael* jamais tinha parecido sequer abalar aquela impressionante paciência cuja explicação permanecia misteriosa para todos, e parecia que o próprio Ganse sofria cada vez mais sua influência. Mais uma vez, após ter ficado embirrado por um momento, perguntou com voz calma:

— Onde é que nós estamos?

— "Assim que ele começou a falar, Bérangère virou a cabeça." Há uma variação: "virou a cabeça bruscamente". Devo continuar?

— Não continue! Tire isso, que isso é idiota. Apague tudo. Corte o capítulo antes da entrada de Guy d'Ideville. Vamos limpar tudo!

Ele voltou a caminhar nervosamente, com as mãos nas costas. A pena da senhora Alfieri roçava levemente o papel.

— Quantas linhas desde a manhã? A página é esta aqui?

— Ah, calma, meu senhor, protestou a secretária, impassível.

— Como? O quê? Mas o que é isso que você está dizendo? Tem certeza? Ah, por favor, minha filha, eu passei a manhã inteira ditando, estou exausto.

A voz dele estava quase suplicante. Para cada resposta, a secretária lhe mostrava folhas cobertas de riscos, de rasuras, as últimas inteiramente riscadas de azul.

— Está bem, está bem, disse Ganse. Para o lixo, então! Não vamos mais falar nisso. O que se pode querer, acrescentou ele, com uma expressão dolorida, não teremos perdido nada além de uma metadezinha de um dia de trabalho – uma outra metade vai compensar essa.

— É verdade, senhor, respondeu a estranha mulher, polidamente. Os dois primeiros capítulos foram datilografados ao ritmo de cem a cento e vinte e cinco linhas por dia.

Ela tirou da bolsa um bloco de notas, folheou-o vivamente, e continuou, no mesmo tom:

— Uma média de quase duzentas linhas durante a segunda quinzena de outubro. Nesse ritmo, podemos terminar em março.

O chefe a contemplava com uma curiosidade misturada com estupor. O rosto, um pouco longo demais, um pouco viril demais, mas, ainda assim, com traços tão regulares, tão puros – em que a luz batia de lado –, guardava sua expressão habitual de paciência humilde, exatamente como poderia, sem dúvida, ser observada, se o segredo das coisas nos fosse mais bem conhecido, nos rostos geométricos e indecifráveis dos insetos em que a obstinação é mais forte que tudo. Mais uma vez, num momento de lassidão, de dúvida, o mestre perdido erguia para essa presa ainda misteriosa seu olhar pesado e trivial que ainda traz a força e o ímpeto do gênio.

– Vamos aguentar mais essa, disse ele com uma voz que ficava cada vez mais firme. Mas eu devia mudar de ares. Não? Diga lá. Uma mudança de ares me faria bem, não é?

Ele se levantou e ficou andando de um lado para o outro com seus passos pesados.

– Não é que me faltem ideias, continuou. Na verdade, eu tenho ideias demais. Mas ninguém me acompanha, esse é o problema. Era preciso que me acompanhassem. Você mesma, minha filha, você não me acompanha mais, você fica parando, nós perdemos tempo com bagatelas. Veja, por exemplo, um conto de trezentas linhas, isso tem de sair em duas horas, ou então não vai sair. É assim que os mestres trabalham. Uma vez que se começa, o resto vai sozinho: é só uma questão de arranque. E é justamente isso que torna o papel de uma colaboradora como você tão curioso, tão apaixonante... O começo depende de você. Às vezes basta um olhar, um simples olhar para comprometer tudo, claro! Antes de ter aberto a boca ou ditado uma linha, eu vejo você dando para trás. E por quê? Você não acredita mais em mim, é isso!

Ele bateu na mesa violentamente com o punho fechado.

– Que me importa! Se preciso for, começo tudo de novo, tento uma nova carreira. As obras vastas e fecundas como a minha têm de crescer sem parar, em vez de exaurir-se. O que eu faço é um afresco, não sou um cinzelador de bibelôs raros. Veja, ontem mesmo, no Beauvin, eu me senti mais vigoroso do que nunca, em plena forma. Lá estavam uns russos impressionantes, contando umas histórias... umas... umas histórias impressionantes!

Seu olhar evitou subitamente o de sua impassível interlocutora, porque a repetição involuntária das palavras era um sinal que ele conhecia bem – bem demais. Ele engoliu penosamente a saliva.

– Eles me contaram sobre um antigo tratador da corte, nascido no Palácio em 1913, refugiado na França com um velho tio, um ex-camareiro que, para viver, após ter vendido as últimas joias, aceitou um emprego de vigia noturno. O garoto cresceu ali sozinho, misturado com seus amigos franceses, e hoje trabalha em algum lugar, não sei onde, um verdadeiro moleque parisiense. Ele não sabe nada a respeito de seu país, começa a brincar quando falam dos Romanov, logo ele, um afilhado do imperador! Acho que tem alguma coisa a tirar de uma história assim, alguma coisa impressio... Mas, meu Deus do céu! Me responde, então. Você é surda?

– Estou só pensando, disse ela. Não vejo o quê.

– Mas, é claro! Enfim! Se já não fosse tão tarde, eu lhe provaria o contrário. Sim, em uma hora, aposto que eu ditaria, daqui, deste canto da mesa, um conto impressio... surpreendente, palavra! Exatamente aquilo de que precisamos para quinta – o conto semanal do *Mémorial*.

Com a ponta do dedo, ela já ia abrindo a pasta de couro.

– Deixe isso para lá, disse ele com um suspiro, nada de brincadeira. Hoje vou jantar no Renouville. De todo modo...

Ele passou as duas mãos em sua grossa nuca, e, como Simone fechava de novo a pasta, irrompeu:

– Não fui eu que fiquei vazio, disse ele com uma voz assustadora, foram eles. O mundo vai ficando vazio. Ele vai se esvaziando a partir de baixo, como os mortos. Não há nada mais nas barrigas, nem há mais barrigas. Como disse outro dia algum sacristão numa página piedosa: "Ganse nunca almejou nada mais alto do que o estômago". Exatamente! E não há razão para enrubescer. Numa sociedade sem estômago, o que seria da arte e do artista, pergunto eu! Iam arrebentar-se. Coitados! Raciocinar sobre as paixões é fácil, difícil é representá-las. E se eu as represento como devo, então, falo aos estômagos, comovo os estômagos... Mas, e daí? Todas as épocas de impotência tiveram essa sensibilidade hipócrita. Um estômago é um estômago. O que eles têm no lugar dele, esses senhoritos, esses coca-bichinhos, a última ninhada do senhor Gide! Uma bolsa de pus – e que pus? Pus cerebral, minha querida. Ha, ha! A imagem não é má. Anote-a aí.

Ele estalou os dedos com furor.

– Vazio, eu? Ora essa! Estou chegando a uma idade na qual um autor de gênio devia poder libertar-se de toda disciplina de trabalho. O problema está aí. Chega de contar as horas! Agora a máquina está no ponto, com a corda toda, ela funciona noite e dia. Bastaria remexê-la, remexer seus produtos e seus subprodutos, e não perder nada. E isso, minha jovem, é o que você deve fazer. "A concentração esgota você", repete Lipotte, aquele imbecil. Ela me esgota porque eu não preciso mais dela. Veja só uma prova: Dieudonné me dizia uma noite dessas: "Você improvisa maravilhosamente!". Assim, fale francamente, minha filha: há três ou quatro anos apenas, eu mal brilhava num salão, a minha conversa era vulgar demais?...

Ela passava delicadamente a palma sobre o couro da pasta, enquanto seu olhar atento permanecia frio.

– Sim, continuou ele após um longo silêncio, com uma voz bem diferente, e sem tentar esconder o tom de angústia, todos eles achavam que tinham a minha cabeça. Um momento! Desde o ano passado, novecentas páginas de texto, trinta e cinco contos de duzentas e cinquenta linhas, sem falar das conferências, de um roteiro para Nathan, e nem me refiro aos textos publicitários, etcetera e tal. Mas sempre me comparam a mim mesmo, nunca aos outros: Ganse é Ganse.

Ele parou, fixando na secretária silenciosa aquele olhar infalível que acende em seus olhos a curiosidade levada a seu paroxismo e que, nele, é tão somente uma forma de crueldade semiconsciente, a base de seu gênio sombrio.

– A pior besteira que já fiz foi ter aberto a minha porta a dois desses senhoritos, Mainville e Philippe, Philippe e Mainville, dois belos canalhas, dois canalhas bonitões! A juventude! Sempre há um momento na vida em que acreditamos na juventude. Um sinal precursor, um sinal fatal do primeiro embotamento, da velhice que se anuncia – a velhice, a idade mais simplória, mais crédula – sim, mais simplória e mais crédula do que a adolescência. Acreditar na juventude? E nós acreditávamos nela quando éramos jovens? Então!... Philippe, vá lá, mas Mainville é uma pequena víbora...

Ela levantou os olhos no mesmo instante e seu olhar, sempre pensativo, fez com que Ganse baixasse o seu:

– Oh! É melhor eu me calar, disse ele com um riso amargo. Não pretendo controlar as suas... as suas experiências, e, de todo modo, acho que você é à prova de todos esses venenos. Ao menos admita que depois de ter feito por meu suposto sobrinho mais do que qualquer homem honesto acreditaria que deveria fazer...

– De novo, murmurou ela, com ar de tédio.

Ela tinha mais suspirado do que articulado as palavras, mas Ganse as captou pelo movimento de seus lábios.

– De novo? De novo o quê? Um garoto que eu tirei da sarjeta...

– Ele sabe.

– Não fui eu que disse isso a ele, veja bem!

– As pessoas que lhe disseram só poderiam ter ouvido isso de você.

– É possível. E daí? Eu devia esconder um ato generoso, absolutamente desinteressado, ao passo que não dissimulava os outros – ou dissimulava tão pouco? O que Philippe é para mim, depois de tudo?

– O filho da sua amante, Ganse.

– Minha amante! Minha amante! Ouvindo você, até parece que eu nunca dormi com ninguém além dela. Além disso, Philippe tinha onze anos quando sua mãe morreu, e minha relação com ela era recente. E daí?

— Eu sei.

— Você não sabe de nada. Desde aquele momento, eu não era, como você gosta de imaginar, uma pessoa fácil de enganar. Aquilo que eu fiz, fiz de bom grado para manter a promessa feita a uma mulher. Talvez não existam tantos homens, entre seus velhos amigos, seus condes, seus barões, que... O que é que você está dizendo agora, entre os dentes?

— Nada.

— Sim! Minha pequena Simone, você me trata com uma dureza, com uma injustiça...

— Vou recordá-lo apenas de uma frase, de uma frase que você me disse. "Nossa vida privada só diz respeito a nós. Carreguemos nosso fardo lado a lado, mas não troquemos nada..." Parece que ainda consigo ouvir você dizendo isso. É verdade que naquela época era eu que sentia que estava caindo: eu procurava alguma ajuda, algum apoio, uma mão fraternal... Você tinha razão, aliás... Sem ter mais ou menos guardado esse silêncio, nossa colaboração não teria durado seis semanas.

— Perdão, minha cara — era a voz dele que assobiava agora — se você vai falar disso agora...

— Sim, eu sei, eu era uma mulher suspeita. Eu sou sempre suspeita.

— Não por muito tempo, disse ele com uma crueldade assustadora. Quando você não causar mais inveja a ninguém, quem vai se preocupar em saber se você matou ou não o pobre Alfieri?

— Eu sei, disse ela docemente. Não é preciso ficar representando: você e eu, nós já estamos no fim. No fim das nossas forças, meu caro.

— E daí? Ah! Ora! "No fim das forças", minha jovem, é um título, um famoso título! Vamos! Por que não? Estamos todos no fim das forças, nada mais preciso. Jovens e velhos, todos! A antiga casa desabou atrás de nós e quando viemos nos sentar na casa dos jovens, eles ainda não tinham pensado em construir a deles, e ficamos num terreno baldio, entre as pedras e as vigas, debaixo da chuva... Queria que você anotasse isso também, disse ele corando, a imagem é boa. Hein? Não é? Ela tem toda uma dramaticidade.

— Não seria melhor talvez concluir *Évangéline* primeiro?

— Você acha? (Seus traços subitamente acusaram a fadiga acumulada havia semanas.) Ainda ontem, você me sugeria deixar esse romance de lado. E além disso, eu tenho uma ideia. Ela me veio essa noite, minha filha. O que você diria de um livro... de um livro que seria para mim como um repouso, como uma espécie de férias — a pausa após uma etapa longa demais, em torno da fogueira? Veja, quando Rouault — você sabe, Rouault, o escultor — teve sua grande crise nervosa, no ano passado — ele foi consultar Strauss, aluno de Freud. E Strauss o mandou, junto com uma de suas melhores enfermeiras — uma velha alemã, bem à moda antiga, sentimental, *gemütlich* — para a casa onde ele nasceu, uma simples casa camponesa, perto de Douarnenez. Ele voltou curado, forte como um touro. Eu nasci num apartamento em Batignolles, três cômodos, com vista para o pátio — o prédio foi demolido vinte anos depois. Mas, mesmo assim, tive infância, hein?

— Nunca temos certeza de que tivemos mesmo. Eu, por exemplo...

— Troças! Palavras! Naturalmente seria preciso organizar as coisas, dar uma romanceada. Basta olhar com alguma clareza, usar os bons pedaços... Eu tinha um tio, um pequeno horticultor de Seine-et-Oise, com quem passei as férias uma ou duas vezes. E mais! Ainda havia os domingos! Paris não era isso que virou. Estou vendo os domingos, os belos domingos, os fiacres pareciam todos ter acabado de ser repintados, e os ônibus passavam como se fossem trovões. O que você acha do meu projeto?

— *Recordações da Infância*, de Emmanuel Ganse?

— Sim. E vou contar tudo, minha jovem. Em suma, os escritores franceses fizeram pinturas muito tímidas da adolescência. Eu não vou poupar nada, pode acreditar. Eu... Por que essa cara de quem não está gostando? Será que eu ofendi seu pudor, bela dama?

— Oh, não. Eu me pergunto é se você está se vangloriando. Talvez haja, de fato, uma parte sua que até agora foi poupada. Ou melhor: esquecida. A vida na infância é tão difícil! Mas, meu amigo, tome cuidado. Não é a primeira vez que um de vocês tenta fazer isso, e, com a pressa que têm de dar ao público essa iguaria delicada, acho que nenhum deles conseguiu desencavar totalmente a criança que foi um dia. Os mais espertos só produziram simulacros vazios, horrendos bonecos de cera. Em todo caso, se isso ainda existe em você, proteja-a. É difícil crer que ainda haja o bastante para ajudá-lo a viver, mas isso certamente vai ajudá-lo a morrer.

— Você me detesta, disse ele, sem raiva. Acho que nos conhecemos bem demais — bem demais para nos julgarmos um ao outro com justiça. Nós dois nos odiamos.

— Não, disse ela. Mas já não há mais nada que possamos fazer um pelo outro. O ódio só vai vir mais tarde. Por que esperar? Mas suponho que você ache que, hoje, eu sou capaz perpetrar uma vingança há dez anos esperada. Porque há muito tempo que, por ideia sua, estou ansioso para colocar minha assinatura ao lado da sua na primeira página desses livros que são tão meus quanto seus. Meu Deus! A maldição da minha vida terá sido exatamente não poder concluir nada! Solidão e silêncio, silêncio e solidão, nunca vou sair desse círculo encantado... E, mesmo assim...

O rosto ainda forte do velho mestre não exprimia nem surpresa nem cólera. Ele parecia enrugar-se e desenrugar-se todo de uma vez, de baixo até em cima, como o focinho de um leão.

— Criancices! — disse ele. Nós fomos longe demais juntos para não ir ver lado a lado o que há no fim da estrada. Mais dois anos — talvez um só...

— Não, respondeu ela. Lembre-se. Nós já concordamos cem vezes quanto a esse adiamento. E para quê? Já é tarde demais. É tarde demais para tudo, para quase tudo. Nossa vida está feita. Às vezes, bem às vezes, fico imaginando como seria refazer minha vida sem você. Impossível.

Ou, pelo menos, para conseguir, seria preciso primeiro apagar os dois anos do meu casamento – partir de novo do zero, como você diz. Sim, do zero. Por que não adianta escarnecer, meu amigo, eu fui, eu que estou falando com você, uma moça bem ordinária. Não tinha mais imaginação do que as outras, e me contentava com pouco. Sim, teria dependido de uma ninharia que eu continuasse a me ignorar tranquilamente, pacificamente. De uma ninharia. E tantas meninas se parecem comigo no mundo! Tantas meninas que vão ficar bastante contentes com pequenos vícios, com sonhos ruins que colocamos na conta dos nervos – os mesmos sonhos que serviam aos treze anos e que continuarão a servir até a morte. Porque nós não temos, como vocês, curiosidade a nosso próprio respeito. Enfim, é verdade que eu poderia perfeitamente ter sido uma gentil burguesa sem Alfieri. Oh! Com ele, não haveria como parar – tão frágil, tão fraca, tão menina, tão verdadeiramente menina! – com uma necessidade tamanha dos vícios dos outros, como se ele só conseguisse sentir o mal por intermédio de uma alma estrangeira. Quando ele lançava em sua direção um certo olhar, a gente sentia vontade de meter-lhe um crime nas mãos. Um crime, um belo de um crime...

– Bobagens! – disse Ganse. São imaginações.

– Talvez. Em todo caso, depois daqueles dois anos furiosos, que terminaram subitamente no vazio, no vácuo, nada poderia me salvar do desespero além do trabalho. A própria fortuna foi um socorro menos eficaz. E você me ensinou o único trabalho de que, sem dúvida, eu era capaz naquele momento. Seus livros são aquilo que são. O maravilhoso é vê-lo fazendo-os. Vinte vezes tentei observar isso no dia a dia, e não consigo. A mim parece que ninguém conseguiria. Seria preciso muito sangue-frio, e o sangue-frio perto de você, no trabalho, é praticamente a última coisa possível. Você é um prodigioso...

Ela estava procurando a palavra.

– Um tipo de feiticeiro. A imaginação mais árida, você encontraria o ponto de onde vai brotar a fonte. Esses sonhos... Todos esses sonhos...

— Está vendo só, disse ele com sua voz rouca, nós ainda não terminamos.

— Mas é claro que sim! Você me encheu com suas criaturas, eu estou sufocada. Estou verdadeiramente sufocada. Se agora eu demorar para voltar a ser eu mesma, nunca mais vou conseguir. Porque, enfim, por mais imperfeitas que sejam essas criaturas — ora, elas pertencem a você, elas são algo que é seu. Não negue: elas ao menos o aliviam um pouco. Basta observá-lo nos dias que se seguem à publicação de um livro. Descontente, chateado, vá lá, mas libertado. É verdade, não é? Você respira melhor. Já eu fico uma semana estendida sobre a cama, com os olhos abertos, num enervamento horrível. Ah! Não precisa fazer pose, empertigar-se, meu amigo. Não são os seus livros que me impedem de dormir. Eu nunca os releio. Todos esses personagens parecem tão pouco com aqueles que você e eu encarnamos durante semanas! Mas exatamente esses, os verdadeiros, ficam morando em mim, eles se instalam, eles se multiplicam — de fato — você pode rir! E não me resta mais esperança — a mínima esperança — ah! nem a menorzinha, de tirá-los do seu lugar para conseguir eu mesma colocá-los num romance. Um romance! Não consigo nem terminar um conto, um pobre conto de dez páginas — então!

Ela tentou tirar a mão bruscamente, mas os cinco grandes dedos do mestre tinham acabado de se fechar sobre ela.

— Minha amiga, disse ele — e as palavras mal articuladas saíram do fundo de sua garganta com um gemido, uma espécie de miado sinistro — não era preciso me recusar. O mal vem daí.

— Sempre tive horror de você, disse ela simplesmente. Eu não poderia ter sido sua amante — não — nem quando quisesses. E, pior ainda: você criou em mim repulsa ao amor.

— Mas se você não foi minha, ao menos não foi de ninguém até... Não negue: você me pertence mais do que se...

— Cale-se!, disse ela, tentando tirar a mão.

— E quando você fala de libertar-se pelos livros, você me faz rir, minha jovem. A literatura nunca libertou ninguém. E ninguém, aliás, conseguiu libertar-se a si mesmo. Bobagem. Podemos aguardar o olvido. E mais! O olvido, veja bem, só existe no sono ou na libertinagem.

Ele interrompeu em pleno ar o movimento da mão que ela tinha acabado de tirar de debaixo da dele, segurando-a entre suas duas largas palmas.

— Você se perde por orgulho, continuou ele. Você tem um orgulho demoníaco. Fale-me dos demônios tranquilos, dos demônios valentes, dos demônios levianos. O que você precisa, minha jovem, é da serpente.

Ela parecia ouvi-lo com uma atenção extraordinária. Nenhum músculo de seu rosto comprido estremecia, enquanto ela dizia, com sua voz sem timbre:

— Minha decisão está tomada há seis semanas. Irrevogavelmente.

— Sim, e eu sei por que, disse ele – e seu riso, com uma obscenidade forçada, terminou com uma espécie de gemido lúgubre. Mas é tarde demais, minha jovem. A obsessão que você acabou de descrever, essa fobia – porque se trata de uma fobia, de nada mais que uma fobia, um acidente patológico, nada mais – ela já está aí, agora, já está aí para sempre. É inútil inventar histórias com personagens maléficos, de bruxaria! Por que não íncubos e súcubos? Você vai acabar indo ao confessionário, minha cara.

— Eu tentei, disse ela.

— Sim, eu sei. Sempre houve um ou dois maus padres na sua vida – padres suspeitos, enfim –, como o seu padre Connétable, por exemplo, ou esses pastores laicizados da Ciência Cristã, por quem você ficou louca há seis meses. Entre nós, você tem a sorte de ter nascido no século XX: eu vejo você muito bem daqui, na bela camisa amarela...

— Não vale a pena, disse ela, com um sorriso triste. Quero dizer: não vale a pena continuar nesse tom. A ideia não é má, mas você a expressa mal – grosseiramente. Aliás, você já repetiu o suficiente, Ganse, que eu não tenho dom para o tema, mas compenso nos detalhes. Enfim! Perdi a esperança de dar à minha pobre vida um começo, um meio e um fim, como num livro. Mais vale, agora, voltar todas as minhas preocupações para um episódio, para uma experiência, a primeira que aparecer, não importa qual. O essencial é desenvolvê-la a fundo, até suas consequências extremas. O quê? Não é assim que nós agimos quando o livro anda mal, como você diz? E o público não enxerga nada.

Ele foi até a janela, abriu-a completamente e com tanta violência que um pedaço de gesso caiu da guarnição e rolou pelo assoalho. E ele o esmagou com uma pisada, com raiva, como uma besta.

– O episódio, a experiência – eu conheço essa sua experiência! Ela chama Mainville! Aquele janota, aquele gigolô...

– Sim, você ainda me considera jovem demais para aquilo que você ontem à noite chamava de "perversões do amor maternal" – entendi a alusão. Jovem demais para um gigolô, é isso que você queria dizer? Olhe para mim, Ganse. Mesmo assim, você não me enxerga colocando a cabeça no peito viril de um senhor da sua laia, não é? Eu teria encontrado Olivier oito anos, dez anos mais cedo, e o teria amado da mesma maneira. E então?

– Bem, bem, eu sei: humilhação, sacrifício, imolação, é esse o esquema. Só que eu acho que você nunca passaria da primeira parte. Seu gracioso amigo estará longe antes que você tenha tido tempo de terminar as duas outras.

– Para essas, eu sozinha já basto.

Ele fechou a janela e voltou a sentar-se. A cólera parecia ter-se esvaído de novo.

– É um canalhinha agradável, disse ele. Não tem imaginação nem na tristeza – ou tão pouca! Nada para dividir com ninguém. Nada.

– Quem é que está pedindo que ele divida alguma coisa? Alfieri ou Mainville, de todo jeito, você é certamente o último homem capaz de julgar esses tipos de criatura.

— Sim, animais de luxo, hein? Eles custam caro e são frágeis, fragilíssimos. E esse não vai ter a elegância de desaparecer de fininho, quando chegar a hora, como o outro. Minha querida, seu camaradinha é um cavalheiro de meia pataca. Não vai estourar nada em sua honra, nem os miolos, nem a banca. E, no fim da experiência, você terá nos braços uma criança doente, você vai se arruinar por brinquedos.

Após um momento, ela não mais o escutava, ainda que continuasse a dirigir-lhe um olhar cujo brilho carregado e fixo ele não conseguia suportar. Ele parou grunhindo, de cabeça baixa, com o pescoço enfiado nos ombros, assumindo ingenuamente a atitude conhecida do público, como ilustrada em inúmeras fotografias.

— Depois de tudo, pouco me importa, disse ele. Há três meses que vejo amadurecer debaixo da sua pele, minha cara, esse amor nascido sob o signo de Câncer, um verdadeiro tumor. Não é a primeira vez que uma mulher superior vai se deixar destruir; na verdade, é assim mesmo que elas todas terminam.

Ele se calou novamente, tomado pela extraordinária alteração nos traços da senhora Alfieri. E, contudo, a voz da secretária elevou-se subitamente, inteiramente calma, com uma pitada de ironia.

— Que palavras mais inúteis, Ganse! — disse ela. Eu estava pensando em outra coisa, mas estava, mesmo assim, ouvindo você. Acho que você ia me dar lições de moral, por Deus! É isso que você costuma fazer, lembre-se, quando um capítulo "não está querendo sair". Os personagens começam a trocar grandes verdades disfarçadas de paradoxos pintados em cores violentas, como emblemas totêmicos. Enfim! Veja, de todo modo há um serviço que eu posso prestar-lhe. Posso concluir seu livro. O desenlace que você procura há seis meses, eu posso trazer bem rápido.

— Que livro?

— *Évangéline*, claro. E minha proposta não é tão maluca, porque Évangéline, afinal, sou eu.

— Desculpe! Eu utilizei certas...

– Ah! Não censure a si mesmo por nada. Eu ajudei você da melhor maneira que pude. É de todo modo impressionante ver aumentar pouco a pouco seu próprio rosto no espelho que você segura, a impressão é a de enxergar a si próprio através de uma camada de água turva, com bolhas de lama. Veja bem que não nego a semelhança. Seu erro é cismar em supor que na vida da heroína há um crime inicial. Nada vai arrancar da sua cabeça que eu matei Alfieri, hein?

– Idiota! Você não tem a menor ideia dos métodos de trabalho de um escritor. Se eu supus um crime inicial, como você diz, foi para dar mais verossimilhança. O destino dessa moça tem de oscilar entre dois atos sangrentos, de natureza idêntica, um secreto, e o outro... O outro... Confesso que não vejo muito claramente o outro...

– Vê-lo claramente é inútil. O primeiro tem de bastar para justificá-lo. Ah! Pensei muito nas últimas semanas, e acho que entendo. Uma mulher como Évangéline não mata seguindo regras. Ela vai matar do mesmo jeito que matou antes, por necessidade de confirmar para si a ideia de que ela existe por si própria. Ela mata para colocar-se de uma vez fora da lei. E se existe alguma razão para esse crime – a paixão, por exemplo – bem, creio que a paixão seria apenas um pretexto, o quase nada que faz pender um dos pratos da balança.

– Talvez.

– Mas é claro. Mas você se deixa interromper por escrúpulos de foco, de verossimilhança. Você enxerga tudo do lado de fora.

– E você?

– Eu não. No ponto em que estamos, que importa saber *por que* Évangéline vai matar? Bastará mostrar *como* ela mata. Creio que eu conseguiria fazer isso muito bem...

– Dizem que...

– É errado dizerem isso, porque não é verdade. Ah! Claro, nós todos sabemos o que é cometer um crime em pensamento. Mas, dessa vez, meu amigo, não foi com a máquina de sonhos que eu o cometi.

Ele está aqui, aqui dentro – e não se trata de um desses desejos que não têm mais consistência que uma geleia, nada disso. Um verdadeiro crime, bem constituído, bem vivo, com todos os seus membros, um crime em gestação, ora, e que só está pedindo para vir ao mundo!

– Ele está se mexendo?

– Claro que está se mexendo! Se você colocasse a mão no lugar certo, ouviria seu coração bater. Talvez ele tenha de algum modo saído da literatura, mas nenhuma força vai obrigá-lo a voltar para ela.

– Você está me deixando prodigiosamente interessado. Devo reconhecer o recém-nascido?

– Eu ia lhe propor isso.

Ele tentou rir, e esse riso logo soou tão falso que ela, por sua vez, deu uma gargalhada. Por um longo momento, eles ficaram assim, face a face, sem, no entanto, ousar cruzar com franqueza seus olhares.

– Oh! Não se trata de um crime muito original, continuou ela no mesmo tom. A trama vai lhe parecer bastante vulgar. Circunstâncias não faltam, mas seria possível escrever em cada uma delas a palavra fatídica dos passaportes: meio. Ali, tudo é meio.

– Cuidado, disse ele, ainda se esforçando para sorrir, esse também pode ser o sinal de uma profunda perversidade. A grande arte tem essa aparência de banalidade.

Ela fez um gesto de impaciência e subitamente colocou os cotovelos sobre a escrivaninha, lançou para a frente suas duas longas mãos, tão pálidas que sua sombra parecia azulada. Ganse via o olhar dela muito próximo do seu e sentia seu tépido hálito ir e voltar por sua bochecha como um animal de estimação.

– Isso lhe causa um certo medo, não é? Hein? Parece que eu saí de uma das suas obras, você de repente está frente a frente com um dos seus personagens e não há como fazê-lo voltar para dentro do livro. Eis que ele saiu por conta própria.

– Medo, disse ele, não. Se fosse outra pessoa e não você fazendo essa cena aqui, agora, ela não teria grande interesse. Mas eu sei que você tem horror ao melodrama e creio que há alguma coisa séria na sua proposta, é isso.

Ela deixou a cabeça pender sobre o ombro, como para ver melhor o reflexo de seus dedos, que dançavam ritmadamente sobre o acaju polido.

– Palavra de honra, meu caro, eu preciso de você.

– O quê? – disse ele ironicamente. Já tem um álibi?

– Exatamente.

Seu olhar, que ela tentava manter fixo no de Ganse, vacilava como uma chama. Mas não era apenas esse olhar que tinha feito o velho mestre perder seu rumo. Ele via, já havia um instante, a boca fina se contrair pouco a pouco, até desenhar uma espécie de careta dolorosa, indefinível, que ele conhecia bem demais.

– Eu acho, murmurou ele em tom de grande lástima, que deveríamos mudar de assunto. Se você está ficando louca, minha filha, não há nada que eu possa fazer.

– Louca? Nunca tive menos vontade de ser louca. Isso vai vir mais tarde. Por algum tempo, ainda, eu preciso de toda a razão que eu tiver, e de algo mais. Nada vai me faltar, pode ficar sabendo.

– Ah! Já sei: ninguém é mais capaz do que você de ir até o fundo de uma loucura. Se eu não achasse isso, minha cara, há um bom tempo eu já teria pedido que você acabasse com essa cena ridícula. Apesar disso, se eu puder ajudá-la de um modo ou de outro, não vou me recusar.

– Não se trata de me ajudar do seu jeito, disse ela docemente, mas do meu, do jeito que eu escolher.

– Que seja. Agora, pare de falar por enigmas. Um crime? Não imagino que você ache que eu seja capaz de ter medo de uma palavra. E de que palavra! Existem tantas espécies de crimes quanto de demônios, imagino. Gosto bastante da ideia do velho Wilde a esse respeito, conhece? Ele afirma que em algum lugar existem diabos que a danação apenas roçou, que o trovão de Deus apenas chamuscou suas plumas. Uma bonita imagem, não? Você não consegue vê-los daqui, saltitando no crepúsculo, com suas asas cortadas, seus olhos tristes, sem desespero, nostálgicos? Em suma, existem boas ações criminosas e, também, crimes virtuosos. Esse de que você está me falando deve fazer parte desta última categoria, porque ou eu estou muito enganado ou você não é mulher de se entregar assim a um homem que, como acaba de dizer, você sempre desprezou.

– Sim. Eu posso perfeitamente ser essa mulher – e você sabe disso, Ganse.

Ela passou nervosamente suas duas mãos pelo rosto, e ficou imóvel um momento, de olhos fechados.

– Desprezado ou não, que diferença faz para você? Às vezes, eu lamento – sim, isso acontece comigo! – não ter virado sua amante, nós estaríamos menos estreitamente ligados um ao outro, e não por essa espécie de união contra a natureza que há dez anos faz com que compartilhemos todas as coisas, exceto aquela que, à nossa volta, se dá tão pouca importância. Desprezo! Isso também é só uma palavra. E tem muitos sentidos. Eu desprezei meu primeiro amante mais do que você, e esse, veja, eu acho que desprezo também. Mas justamente esse desprezo despertou em mim alguma coisa que se parece com piedade, que por muito tempo eu tentei achar que era piedade – mas não vou ter a hipocrisia de hoje dizer a você que era isso.

– Sim, o orgulho, disse ele. A Serpente.

– Não importa o que eu faça, meu destino será, eu sinto bem, sacrificar-me por quem não vale a pena. Sempre me repugnou entregar livremente minha vida, num contrato, e acabo jogando-a aos pés do primeiro que chega e pede-a covardemente, com certo olhar, um olhar de animal pérfido e frágil.

– Sim, como o de Mainville, por exemplo. E sua vida não vai sequer servir-lhe de divertimento por muito tempo!

– Sim e não. Você julga Mainville sem compreendê-lo. E não bastaria apenas compreendê-lo, seria preciso amá-lo também. Mas nunca duas gerações se espreitarão com mais ódio disfarçado, dos dois lados desse buraco negro do qual ainda sai após tantos anos o odor de milhões de cadáveres – o crime assustador cuja responsabilidade vocês não ousam lançar ao próprio rosto. Pobres crianças! Se eles vieram a este mundo com essa cara de nojo que tanto lhes desagrada é porque o mundo cheirava mal! Sim, eu gostaria que você o tivesse ouvido outro dia, eu não encontrava nada para responder-lhe. Meu Deus, aquilo que, sem dúvida, lhes faltou foi um homem de gênio que tivesse falado em seu nome, que os tivesse justificado acusando vocês – e eles vão ficar para sempre esperando esse homem... Mas, depois de tudo, que importa? Vocês que se entendam, as mulheres estão fora do debate. Aquilo que eu tinha para lhe dizer...

– Magnífico! – respondeu ele. Isso que você acaba de dizer é magnífico. Não acrescente nem mais uma palavra. Que tema, minha jovem! Esse é o livro que tem de ser escrito, o livro que escreveremos juntos. Escute, Simone. Mainville nunca será para você nada mais do que um capricho, um mero capricho. Será, talvez, que eu sei o que é um capricho? Você vai sacrificar um homem como eu, uma obra como a minha, a um capricho? Porque essa conversa, minha cara, eu me pergunto se você se dá conta! A conversa que acabamos de ter juntos é um mundo. Simplesmente um mundo. Toda a história contemporânea está aí, minha jovem. Balzac teria chorado!

– Você não entendeu nada, disse ela, dando de ombros. Você nunca vai sair da literatura.

– Nem você!

O ar silvava em sua garganta com um gorgolejar quase horrendo, e ele engoliu ininterruptamente sua saliva, enquanto suas mãos tremiam.

– Um capricho é um capricho, ele tornou a falar. O negócio entre vocês já dura quanto tempo? Dias? Semanas? Meses?

– O que é que eu sei? – respondeu ela – e seu rosto relaxado, imóvel, parecia morto. Você entende? Esse veneno é como os outros.

Primeiro o usamos para nos divertir, e logo nos perguntamos qual é a dose na qual seria letal.

– Se depois... gaguejou ele. Mais tarde... Se você me prometesse...

Num instante, ele foi para cima dela, seus braços enlaçados em volta de sua comprida figura, prensando-a contra a parede com brutalidade, com a falta de jeito dos primeiros abraços. E, sem dúvida, ela ficou comovida, tão rápido quanto um relâmpago, com essa bisonhice desesperada do velho fauno, de hábito tão competente. Ele viu, pela última vez, dirigir-se a seus próprios olhos, até o ponto mais secreto de seu ser, aquele sublime olhar acinzentado cheio de piedade. Mas quase imediatamente as duas palmas frias, duras e frias, bateram-lhe na boca ao mesmo tempo, selvagemente. Ela se evadiu.

VI

Ele ouviu, por um momento, seu passo através da porta e seus traços se acalmaram pouco a pouco, assumindo, por causa da fadiga e do esgotamento, uma espécie de rude serenidade.

Claro que aquela não tinha sido sua primeira discussão, mas um pressentimento o advertia de que aquela seria a última, que a solidão, aquela solidão que ele temia mais do que a morte, começava naquele exato momento... Daquela colaboração de dez anos, quase ininterrupta, à exceção de brevíssimos intervalos, ele começava a enxergar a verdadeira natureza, ainda que sua vaidade se revoltasse, malgrado ele mesmo, contra uma verdade humilhante. E, sem dúvida, Simone tinha sido para ele, durante um período difícil de sua vida, para sua imaginação já exaurida, uma auxiliar preciosa, indispensável. No momento em que ele duvidava dele mesmo, ela lhe havia trazido fé. Mas isso o mundo não ignorava, ou ao menos suspeitava: o resto era seu segredo. Apesar de muitas aventuras – verdadeiras ou falsas, porque ninguém é melhor do que ele na agitação da própria biografia, e todo eco, mesmo ultrajante, lhe parece mil vezes preferível ao silêncio – ele guardou, do berço que ele raramente mencionava, o gosto, a necessidade desses relacionamentos tempestuosos, dessas falsas relações de trabalho que reúnem a embriaguez e os tapas, e atingem na ignomínia uma espécie de fraternidade feroz, semelhante à camaradagem que há entre os animais. Nas cenas terríveis em que eles ficavam um contra o outro, a profunda habilidade da senhora Alfieri tinha, até então, conseguido dissimular o pior, até mesmo para a curiosidade dos familiares. Quem, ademais, se interessaria pelos ataques do mestre, cujos acessos de fúria quase demencial pelas razões mais fúteis eram motivo de chacota em Paris? E ninguém poderia se gabar, ao longo desses dez anos, de ter surpreendido na secretária impassível um movimento de cólera ou de desgosto. Apenas uma jovem doméstica um pouco simplória, que acabara de chegar de Plougastel, tendo-a encontrado um dia semidesmaiada no escritório de Ganse, tirou seu corpete e descobriu em seu peito uma equimose recente. Mas Simone, após voltar a si, explicou que tinha se machucado ao cair, e demitiu a bretã logo no dia seguinte.

Esse prodigioso domínio de si nunca a abandonava, e ela exasperava Ganse ao mesmo tempo que lhe atiçava o orgulho, porque a ele não desagradava, já que ninguém sabia, suportar a ascendência de uma mulher excepcional, cuja evidente superioridade só era realmente conhecida por ele. Para o filho do leiteiro da rua Saint-Georges, a antiga pequena normalista, elevada por algum tempo muito acima de sua condição pelo capricho de um grande senhor suspeito, mas primo autêntico dos príncipes de Casa de Savoia, continuava a ser a condessa Alfieri. Uma vez que ela tivesse caído em seus braços, o feitiço teria sido quebrado, e com ele a estranha e pungente voluptuosidade daquelas discussões em que ambos extraíam, como que a braçadas, as veementes imagens que davam à obra do velho mestre, de um jeito tão grosseiro, tão pesado, sua cor e seu calor.

Ele se deixou cair na poltrona e se levantou de novo imediatamente, porque já tinha criado ódio aos inocentes testemunhos das longas insônias, da busca impotente, da labuta esgotante e vã dos últimos meses. Ah! – se ele tivesse tido ao menos algumas rendas inesperadas, imediatamente teria largado aquele apartamento antiquado cuja mobília lhe recordava uma época feliz, mas banal, em que sua admiração ingênua ia às instalações barrocas dos dentistas e do médicos milionários, as quais, em sua laboriosa desordem, parecem obra de antiquários delirantes. Renovar-se!... Ai! As exigências dos editores só aumentam, o público se cansa, e ele precisa arranjar a qualquer custo trezentos mil francos por ano, que bastam mediocremente para sua vaidade, para seus prazeres, para seus vícios. Nele, a avareza se manifesta por reflexos imbecis, por um gosto sórdido por discussões de preço, pela usura, que o tornam ridículo sem lhe trazer lucro, fazendo dele a presa favorita de especuladores amadores, dos cavalheiros caçadores, dos banqueiros desonestos. Sua fortuna, antes considerável, tinha sido assim arruinada quase sem que ele percebesse, ao longo dessas crises periódicas nas quais, cansado de se debater em meio a essas hienas douradas, ele subitamente abandona todo o controle e põe fogo nos livros de contabilidade.

O que importa a perda de algumas centenas de milhares de francos? Antigamente, um ou dois anos de trabalho tapavam o rombo. O pior inimigo, hoje, está nele mesmo, alojado em algum lugar, em algum recôndito daquele cérebro que está sempre zumbindo, como uma colmeia esvaziada de seu mel. O doutor Lipotte, quando é consultado, balança a cabeça, fala em repouso, suspeita de alguma sífilis da juventude que tenha passado despercebida e acaba por dar uma gargalhada, aquela gargalhada relinchante que gela de terror o júri no momento em que a bizarra aberração vem à barra expor aquilo que ele pomposamente denomina de suas concepções. E ele, Ganse, só precisa fechar os olhos para ver girar aquele sol vermelho, cercado de um azul sombrio, crepitante e faiscante. Quando o cansaço é grande demais, o círculo misterioso vem se colocar no próprio centro da página branca. O oculista, também, balança a cabeça...

"Descanse!", dizem todos. E quando os lábios não articulam a frase ritual, os olhos condoídos gritam-na ainda mais alto. Contudo, para descansar não basta querer. É verdade que ele já se julgou infatigável e que a imagem que hoje tem de si mesmo ainda é a do jovem Ganse, desconhecido de todos, outrora acariciado no fundo de uma leiteria na rua Dante, onde todos os dias ele pegava uma mesa bamba, a tinta, o papel quadriculado marcado pelos polegares engordurados, a gélida temperatura que lhe causava frieiras – a imagem de um Zola ou de um Balzac, seus deuses. Assim, ele assumiu compromissos inumeráveis, assinou contratos ruinosos, na vã e ingênua esperança – como ele adora dizer – de matar de cansaço seu editor. Não importa! Ele talvez se resigne a transigir, a ganhar um tempo precioso, se, por uma ironia feroz, a imaginação exaurida não cessasse de multiplicar, até não poder mais, até ter um pesadelo, essas criaturas inconclusas, misturadas a tripas de histórias, cuja efervescência dá ao infeliz a ilusão, que nunca para de renascer, da força que ele perdeu. Ele também começou dez romances, obstinadamente procurando o caminho, a solução... Ele, que outrora demonstrava tanto desprezo por aqueles que ficavam buscando anedotas, pelos sujeitos que colocam anotações no fundo do chapéu (porque, como ele dizia, um verdadeiro romancista sofre com o excesso de temas, com a dificuldade de escolher), hoje segue com pungente humildade os passos de personagens insignificantes que, em outros tempos, ele não teria honrado sequer com um olhar. Mainville lhe serviu de modelo, e ele ainda sonha em tirar dessa marionete um livro sobre a nova geração – um grande livro, meu caro, um livro shakespeariano, mais forte que *Hamlet*. E, talvez, antigamente ele tivesse mantido a aposta, porque ele não tem rival na arte de esgotar um ser mais fraco que ele, de lucrar tirando dele toda a sua substância. Mas, no momento em que ele sentiu ampliar-se essa solidão interior, a danação do artista esgotado, ele se segurou com todas as forças, como um náufrago, à sua colaboradora familiar, cuja presença basta para evocar ao mesmo tempo sua vida real e sua vida sonhada, porque cada uma de suas palavras, de suas atitudes, de seus olhares surpreendentes, lhe recorda algum episódio feliz ou infeliz de sua carreira, certa página ditada de uma só vez, febrilmente, ou procurada linha após linha, pelas trevas, certo rosto imaginário que uma labuta obstinada não conseguia tirar das sombras e que de repente surge, e faz ressoar – menos ainda – um epíteto feliz que é repetido à noite, com os olhos fechados, uma réplica que tem a carga e o entusiasmo do verdadeiro.

Ele começou a escrever *Évangéline* com a ilusão de concluir rapidamente, tendo debaixo de seus olhos, todos os dias, a inspiradora e modelo. Mas, novamente, ele não conseguiu sair de si mesmo, e sua nova criação se assemelha às outras – ela é sua própria semelhança, seu espelho –, e o espelho do velho Ganse já não reflete nada além de uma imagem obscura e indireta. Aquilo que ele exprimiu apesar de si mesmo não interessa a ninguém, é a admiração inconfessada, misturada com desejo e com medo, que lhe inspira a antiga condessa perdida, e sua luta com o fantasma é precisamente aquela que ele há dez anos mantém contra a mesma pessoa de sua estranha amiga. O título que ele escolheu, aliás, denuncia suficientemente sua obsessão, porque Évangéline é, de fato, o verdadeiro prenome da senhora Alfieri, ainda que ela não o tenha usado desde a infância. Nunca livro nenhum lhe foi tão difícil. Ele não conseguiu resolver-se a abandoná-lo completamente, e o livro se tornou para seu cérebro doentio uma espécie de fetiche, o signo augural de que depende o futuro, feliz ou infeliz. À raiva de não conseguir tirar nada dessa obra junta-se a humilhação de ter de confessar sua impotência a essa testemunha sempre impassível. "Você não me conhece nem um pouco", diz ela, sacudindo a cabeça, porque, às vezes, ela mesma se deixa entrar no jogo, deixando escapar palavras obscuras, confissões pela metade que ela corrige com um dar de ombros, com um sorriso. Ele ainda não ousou abordar, nem com uma hábil transposição, o episódio capital, o desfecho inesperado do casamento. Há muito tempo esse segredo o assombra, o irrita. Mesmo que a investigação tenha inocentado absolutamente a condessa, na verdade, persiste uma dúvida. As murmurações nunca cessaram, os parentes do morto nunca aceitaram reencontrar a viva, fazem como se não a conhecessem mais. Antigamente, a ideia de que ele poderia viver e trabalhar ao lado de uma assassina atiçava grosseiramente o orgulho de Ganse. Hoje ele é sensível sobretudo à decepção de ainda estar, após tantos anos, reduzido a hipóteses a esse respeito. À medida que se acusa a semelhança de Évangéline com seu modelo (porque a impotência do romancista não constrói mais nada e ele acabou tomando emprestados da secretária até os tiques e as manias que os familiares de Simone conhecem bem), ele espera todos os dias um escândalo, uma revolta – pelo menos alguma palavra reveladora, ele fica tentando provocá-la, mas em vão. "Aonde você está levando a pobre Évangéline?", perguntou ela uma noite. "A um belo crime, a um crime digno de você e de mim." "Você bem poderia ter começado pelo crime", respondeu ela sem parar de sorrir.

A frase inesperada ecoa ainda tão limpidamente em seu ouvido que ele tem a impressão de que a está ouvindo. Ela, no mesmo instante, interrompe seus devaneios. E o espelho diante do qual ele parou sem perceber reflete, além de um insulto, um rosto desbotado, irreconhecível. No mesmo instante, o camareiro com cara de fuinha – cujo rosto ele nunca conseguiu encarar, porque ele guarda, de sua origem humilde, uma timidez singular e insuperável em relação aos criados do sexo masculino – lhe anuncia o doutor Lipotte.

– E como é que é? diz o médico jornalista com aquela voz cuja cordialidade dá calafrios e que – segundo ele – "amolece as pernas" de suas belas nervosas, deixando-as indefesas à sua feroz solicitude, mais desarmadas, mais nuas sob seu olhar do que sob suas mãos, não obstante de especialista. As coisas não estão bem, Ganse?

– Não, não vão bem, não. A vontade é ir embora... Não importa para onde!

– Bah! Todo mundo... As grandes partidas, o quê! Diga lá, meu caro, estou chegando da loja Dorgenne – que maravilha! O quarto de dormir em chagrém, de Leleu – quinze mil francos. Sim, quinze milhares de dinheiros, percebe? Mas não há como resistir à tentação, fiz um sinal para Lair-Dubreuil... O que você quer? Não posso dizer não nem a uma bela moça nem a uma bela coisa. Eu devia ter nascido em Florença, no século XV, ou mesmo aqui, na França, durante o reinado do Bem-Amado... À margem da corte, claro: essas carreiras de grande senhor são arriscadas demais! Fazendeiro geral, eis o que me caberia. E eu teria lhe dado uma pensão, meu caro!

Ele juntou debaixo do nariz suas longas mãos nervosas e cheirou as unhas, polidas toda manhã pela manicure. Como muitos de seus pares, ele zela por sua reputação de amante da arte, fingindo arruinar-se em coleções e patrocinar jovens pintores, e vai bocejar diversas vezes por mês nos grandes concertos. Ele, aliás, está preso a seu fingimento, porque seu desprezo pelos homens, por seus vícios, por seus infortúnios, vai piorando com a idade, e as bazófias de estudante de medicina, que por tanto tempo o ajudaram, não são mais suficientes para o tranquilizar. Um pavor abjeto da morte é o verme que ele nutre em segredo.

Mas o rosto de Ganse permanecia sombrio demais para que o astucioso doutor tivesse esperanças de esquivar-se definitivamente das confidências que ele sentia prestes a jorrar.

– Largue o trabalho! Vá dar um passeio...

– Eu ia lhe dar o mesmo conselho, doutor, disse o outro amargamente. Três míseros meses de férias e eu vou nada mais, nada menos, que à falência.

A presença do curandeiro deixou-o relaxado a despeito de si próprio, e as lágrimas vieram-lhe aos olhos.

– Faça como todo mundo. Trabalhe só pelo dinheiro!...

– Sim, sim, conheço a ladainha. Veja só, quando você faz uma consulta apressada, quem é que percebe? Os seus tarados, pelo menos? Cinco minutos de reflexão – verdadeira ou falsa –, um olhar, um bom tapinha no ombro, e seu cliente sai com uma ilusão que você nem sequer se deu ao trabalho de lhe dar: ele já estava com ela na rua, na escada... Ao passo que nós...

— Calma, calma, disse Lipotte, paternalmente. Se você acha que a minha profissão é mais bizarra do que a sua... Por mais que a gente faça, as pessoas gostam de ter uma alma, não lhes custa nada quando se trata de provar para si próprios a existência desse nobre princípio que eles não sabem nem mesmo onde fica: no coração? Nas glândulas? Nas vísceras?... Cure isso, dizem eles... Mas não insistamos, que diferença faz! Eu não vou lhe ensinar nada, você é o mestre de todos nós – Deus sabe aquilo que devemos a vocês, romancistas, pioneiros da psicanálise, reveladores de um novo mundo! Porque vocês já eram, há muito tempo, freudianos sem saber... E, a respeito disso, meu caro, permita-me repetir que você deveria ser o último – sim, o último – a recusar-se, não sei por que escrúpulo, a tentar seriamente algum método... Veja o que consegui com Schumacher, ele voltou a dirigir suas usinas, forte como era há vinte anos, você nem o reconheceria mais...

— Nem venha me falar de uma coisa dessas, protestou o velho escritor com uma espécie de terror. Eu penso como Balzac: não existe para o homem maior vergonha, nem pior sofrimento, do que abdicar da própria vontade. Eu, aluno indigno desse grande mestre, desse gêmeo espiritual de Louis Lambert, não consentirei, nem que seja para salvar a minha vida, perder uma parcela dessa preciosa substância.

— Bem, não vou insistir, assegurou Lipotte com uma voz irritada. Mesmo assim, permita-me fazer uma simples observação. A autoridade que um médico experiente terá sobre você será sempre delegada. Por outro lado, os tiranos que o oprimem trabalham dentro de você, meu caro amigo... Você gosta da caça subterrânea – sim – da caça à raposa, da caça ao texugo, hein?

— Que nada... Nunca tenho tempo de caçar... Nunca tenho tempo de nada...

— É um esporte apaixonante! É bem simples: é só colocar umas labruscas bem ácidas na boca de um *terrier*, e eles vão buscá-las embaixo da terra, e você só precisa colar o ouvido no chão, como se estivesse auscultando o coração de alguém... Você percebe tudo.

Ele cheirou de novo as pontas dos dedos.

— Mas, se o couteiro não pegasse a pá e não cavasse um buraco no lugar necessário — exatamente o bastante para enfiar o braço — você continuaria a ouvir o bicho, você nunca o veria esperneando na ponta da tenaz, com sua cara rosada e seus olhinhos ferozes, cheios de terra... Ah! Ah!

— Sim, replicou Ganse, cada vez mais sombrio. Entendi. Em suma, você se parece com aquele cônego coitado que me recomenda o exame de consciência como se fosse o remédio para todos os meus males.

— Eca! — respondeu Lipotte, com nojo. O exame de consciência... Se você me permitisse uma comparação, quando meu couteiro vem na véspera examinar os *terriers*, ele se encarrega de realçar as pistas recentes, os excrementos frescos, ele apalpa, ele cheira, até conseguir descobrir onde teremos a chance de encontrar o covil do animal. É isso, meu caro, o seu exame de consciência! Pense bem! Um sonho ruim da infância, esquecido há muito tempo, esquecido por vinte, trinta, quarenta anos, que fez você sofrer depois, ocultado por vinte nomes diferentes, dos quais nenhum, aliás, é o verdadeiro, será que você reconheceria o animal se eu o apresentasse assim, entre o polegar e o indicador? Mas nem vale a pena tentar imaginá-lo sem tê-lo visto! Existem muitas chances de que ele não se assemelhe mais aos terrores, às obsessões, e nem mesmo aos vícios que ele causa, assim como o texugo não se assemelha à sua bosta, nem a raposa a seu cheiro. He, he!...

As mãos faziam, diante do nariz do velho escritor, sempre vencido pela facúndia de seu médico favorito, um gesto de apertar e de arrancar.

— Você vai refletir, continuou Lipotte perfidamente (e logo seu rosto passou a exprimir aquela seriedade misturada com tristeza com que ele recebe as derradeiras confidências de seus bizarros clientes). Estou falando em nome da sua arte, da sua obra. Você pertence a uma gloriosa geração de escritores, cujo erro é, às vezes, deixar a juventude desconcertada, isso quando a eles bastaria...

O olhar do velho Ganse continuava indo lentamente de um canto a outro do amplo cômodo, e acabou parando no olhar de seu interlocutor com uma espécie de horrível lassidão.

– Eu não tenho fé na juventude, disse ele. Pergunto-me se algum dia tive, e de qualquer modo, pouco me importa. Eu só tenho fé na literatura – só nela. A literatura não é feita para as gerações sucessivas, as gerações é que são feitas para a literatura, porque, no fim das contas, é a literatura que as devora. Ela devora todas elas, e as expele sob as espécies do papel impresso, você entende?

– Deus do céu, não digo que não, suspirou o psiquiatra. De que serve discutir? O amigo aqui só quer afetuosamente partilhar das suas pequenas tristezas. O homem de ciência desejaria libertá-lo, e pronto. Só que ele não pode nada sem você. Quando você tiver me julgado digno de sua confiança...

– Por favor, Lipotte!

– Oh! Um pequeno crédito bastaria. Com você, meu caro, falo a sua linguagem, a linguagem do escritor. O que quer que pensem os especialistas, é ela que melhor convém a nossos métodos, não tenho vergonha de dizer. E, enfim! Você sabe qual é o maior inimigo do homem? Baudelaire achava que era o tédio – "o tédio, essa bizarra condição, que é a causa de todas as nossas moléstias e de nossos miseráveis progressos". Não penso como ele. Nosso pior inimigo é a vergonha. Temos vergonha de nós mesmos, e o esforço secular da nossa espécie não parece ter outro objetivo senão justificar, por meio das religiões, das leis, dos costumes, uma disposição psicológica tão estranha que parece a nós, homens de ciência, inspirada por um imenso orgulho inconsciente. Não! Não me responda que o cinismo... O cinismo é só uma perversão, uma deformação desse sentimento de vergonha, quase como certa impiedade, a caricatura da devoção. As confidências dos cínicos, eu as conheço! São pegajosas de tanta vaidade, meu caro Ganse! Que importam esses coquetismos, calculados ou não? Levar isso a sério seria perda de tempo. O verdadeiro amante das mulheres bem sabe que uma conversa espiritual, que um madrigal resplandecente nunca serviu de nada a seu autor, que o beneficiário dele é sempre algum audacioso que aproveitou o momento favorável e... (aqui ele utilizou uma imagem ignóbil). Se o brutal nem sempre vence é porque deixa ao adversário alguma escapatória, algum pretexto plausível – o que é que eu sei? É preciso tão pouco para que uma mulher recupere imediatamente, com o dom das lágrimas, sua autoestima... Você pode rir o quanto quiser, a comparação não é má! Apenas nós sabemos levar a mão até o ponto preciso, até a raiz mesma do mal que o mais desavergonhado dos nossos doentes defende, quase sem perceber, como se fosse a própria vida.

– E eu suponho que é isso, então, que você chama de alma?

– Eles a chamam assim, disse o psiquiatra, mas estão se gabando. Eu a viro do avesso para eles.

Ele também se deixava influenciar pelo escritor, cuja fama ele invejava e detestava. Em sua presença, e por menos que a ocasião a isso se prestasse, ele multiplica como que sem querer os paradoxos indecentes que no passado fizeram sua reputação, ainda que os reserve hoje aos auditórios de província ou aos membros de clubes naturistas cujas consciências ele dirige a partir de cima. Afinal, a amizade da princesa de Miramar acabara de abrir-lhe as portas dos *salons* subversivos, e ele está preparando um trabalho – "oh!, quase nada, um mero opúsculo, meu caro" – sobre o senhor Paul Valéry.

– O que você quer? Eu não creio, disse Ganse com tristeza, não tenho fé. Nasci e morrerei livre-pensador e racionalista, tenho horror a todas essas místicas antigas e essa da sexualidade é, para mim, ainda menos tentadora. No mais, você está muito enganado a meu respeito. Devolva-me – não digo a capacidade, que ela não me falta nem um pouco – mas o gosto do trabalho, e você vai ver se eu não restabeleço a ordem aqui dentro, eu sozinho!... Sou filho de um trabalhador, sou um trabalhador de Paris, continuou ele, com uma emoção fingida que desmentia seu olhar turvo e a expressão extenuada de sua boca. Somente o trabalho que nos coloca de novo em pé, fisicamente e moralmente. E... E...

Ele colocou sobre a manga de Lipotte sua grande mão, que tremia, e, incapaz de fingir por muito mais tempo, mostrou seus olhos cheios de lágrimas.

– Eu não consigo mais, disse ele... Nun... Nunca tive tantas... ideias, de projetos... assunto para vinte livros... mesmo assim, não me fariam acreditar... Por favor, Lipotte!

– Eu não quero fazer você acreditar em nada, respondeu o outro, impiedosamente. Quando um cardíaco vem se queixar comigo de doenças, de ansiedade, eu não me baseio no que ele diz, eu o ausculto. Ora, de todos os doentes, os nervosos são os menos capazes de estimar exatamente a natureza e a extensão de seus males.

– Escute, meu caro amigo, continuou Ganse, com uma voz suplicante, você perdeu a confiança, você não acredita mais em mim, é isso que me mata. E, aqui mesmo, nessa casa...

Ele deixou cair brutalmente a cabeça sobre os punhos fechados.

– Eles me devoram, gaguejou. Sou comido vivo pelos ratos. Sim: nenhum escritor digno desse nome – ouça bem, meu senhor! –, nenhum escritor, fosse Balzac ou Zola, concluiu sua obra nas condições em que eu tenho de escrever a minha!

– Sim, sem dúvida, concordou Lipotte com um sorriso indulgente, não serei eu que vou colocar em dúvida a influência do meio. O meio familiar é um dos mais favoráveis para semear fobias, obsessões, e você fez para si, aliás de maneira muito imprudente, uma espécie de família.

– Hã? E não é?, exclamou Ganse (seu rosto exprimia como que um alívio indizível). Veja, por exemplo, Philippe. Esse rapazinho me despreza completamente. Ah, existem os desprezos que irritam, que te colocam de pé. O dele... O dele literalmente me gela. E, além disso, é uma coisa intangível, um ar que se respira, não sei o que é. O infeliz dá a entender que eu o enganei. Você vê uma coisa dessas? Enganei com o quê? E agora ele frequenta os piores canalhas, os anarquistas, o velho delegado veio me avisar, eu vivo com medo de um escândalo. Se eu fosse te contar... Tenho nas contas um buraco de pelo menos dez mil francos!

— O que é isso!

— Exatamente. E ninguém ignora o que eu fiz por esse ingrato. A mãe era só uma trabalhadora de Belleville, com quem vivi por alguns meses e que morreu no hospital enquanto eu fazia minha primeira viagem ao exterior — minha famosa reportagem sobre os Bálcãs, lembra? — O pai verdadeiro era um velho nobre sem um tostão, que vivia de uma renda anual. Enquanto viveu, pagou a escola do garoto em Savigny--en-Bresse, mas depois morreu. Naturalmente, eu tinha esquecido o filho e a mãe, quando a marquesa de Mariamar, que era prima distante do velho e sabia o que estava acontecendo, veio pedir por Philippe. Eu, aliás, já contei a história, mudando um pouco, em *O Abandonado*. Você se lembra daquela cena entre a princesa Bellaviciosa e o ilustre escultor Herpin? Acho que é uma das melhores coisas que já escrevi...

Lipotte aprovou com a cabeça, sério.

— Em suma, o garoto voltou aos meus braços. Deus do céu, eu não sou São Vicente de Paula! Naquele momento, dois ou três mil francos por ano eram só uma bagatela... De todo modo, a marquesa me custou muito, ela era uma das mulheres mais caras de Paris. E, de resto, eu fazia projetos: burro o garoto não parecia. Eu dizia a mim mesmo que ele um dia seria o secretário tão desejado, que ele me traria sua mensagem, a mensagem de sua geração para o escritor que ia envelhecendo. Um sonho idiota. As gerações só se aproximam para se devorarem. Por sorte, elas só se encontram raramente, do contrário, as revoluções e os massacres nunca acabariam, entende? Quando uma delas adquire a plena posse de seus meios, e conhece exatamente suas garras e seus dentes, a morte foge à outra... Ssssst! Ela logo tem de virar-se para encarar aquela que vem atrás, para impor-lhe respeito.

– Nem tanto, meu caro! – protestou Lipotte, conciliador. As gerações não estão também divididas contra si mesmas? Veja o jovem Mainville... Mainville e Philippe parecem amigos, e no entanto...

Ao ouvir o nome de Mainville, o olhar de Ganse saltou como uma mosca no fundo de suas pálidas pupilas.

– Mainville, que figura! – continuou o doutor, aparentemente sem perceber a emoção do velho escritor, que sujeito! Pelo meu consultório passam vários que parecem até ser irmãos dele. Esse tipo de jovem é bem curioso, quando paramos para pensar.

– Por quê? – perguntou Ganse com uma voz insegura. Eu o acho vulgar...

– Sem dúvida. Porque aquilo que você é está na sua cara. Além disso, eles são muitos: o tipo parece banal. E, como eles não deixarão nada, nenhuma lembrança, por ser a esterilidade mesma, a posteridade não vai se dar ao trabalho de classificá-los, mas vai associá-los estupidamente aos tipos já conhecidos. Até que circunstâncias mais favoráveis permitam à natureza, que nunca se permite recomeçar a tentativa perdida, porque, em suma, esses camaradas, meu caro, tiveram apenas a infelicidade de chegar cedo demais, num mundo por demais... o que é que eu quero dizer... por demais "patético", essa é a palavra. Patético, de *pathein*, sofrer. Por mais que o cristianismo vá se dissolvendo, nosso mundo ocidental não consegue eliminar seus venenos mais sutis e mais perigosos. Essa gente toda só parece ter pressa para o prazer, mas tem, também, em algum lugar, num canto escondido da sua vida, um altar dedicado ao sofrimento. E se eles correm atrás do ouro – que, em suma, é tão somente o sinal material do prazer – é com um resto de vergonha, porque a Pobreza – a santa Pobreza – continua a lhes impor isso. Os Mainvilles escaparam, não sei como, dessa espécie de fetichismo, dessa imundície milenar. E, como lhes falta incrivelmente a imaginação poética, a singularidade de seu destino mal se lhes afigura, e eles permanecem intactos, limpos e polidos como salas de espera de clínicas, ora!

— Limpos e polidos, repetiu maquinalmente o velho Ganse. Ele tinha um ar reflexivo enquanto falava.

— Veja só, continuou Lipotte após um silêncio — ele apoiava a extremidade do queijo sobre as mãos juntas —, os geólogos nos falam de "períodos glaciais". Ninguém nunca foi exatamente capaz de dizer por que imensos continentes que ficaram cozinhando por séculos em plena podridão tropical, com seiva escorrendo, com sua flora e sua fauna, viram-se subitamente envolvidos pelo frio, como numa esfera de cristal. Não é?... Pois bem, meu caro, creio que a imaginação humana vai entrar num período glacial após ter conhecido, ela também, essas horrendas vegetações, essas florestas impenetráveis, inexploráveis, assombradas por animais misteriosos — essas florestas, que são chamadas de Místicos e Religiões. Só que a temperatura ainda está quente demais para os Mainvilles, coitados! Então, eles pedem porcarias, cocaína, morfina, para colocá-los no grau de calor necessário. Sem isso, meu caro, você não os aguentaria, ninguém os aguentaria. Eles são tão duros de mastigar e de digerir como uma pílula de vidro. Hi, hi!...

A risadinha seca e aguda, que parecia desafiá-lo, deixou Ganse bruscamente fora de si.

— Você realmente despreza as drogas, disse ele rudemente.

— E por que não? — responde o brilhante cronista do *Mémorial*, surpreendido — isso é problema meu.

Em um momento, o olhar de Ganse, outrora famoso, recuperou algo da força perdida, daquele fogo sombrio que, como ele dizia a si mesmo, repetindo Balzac, "aniquilava os imbecis".

— É que você tem medo da morte, respondeu ele com uma voz rouca. Todos os terrores em um só, hein? Isso não vale o esforço!

— Vamos, não vale a pena jogarmos nossas pequenas misérias um na cara do outro, respondeu Lipotte — e delicadamente enxugou, com as pontas dos dedos, suas têmporas brilhantes de suor. Eu não acho que você tenha mandado me chamar para me preparar para... para um salto para o nada? Nós já não estamos aqui fazendo sermão, você e eu?

– Não, disse Ganse. Sua opinião sobre Mainville me interessa imensamente... (Ele hesitou um segundo.) Simone está louca por ele, meu caro...

– Eu sei.

– Hã?

– Confidencialidade profissional, protestou Lipotte, meio sério, meio rindo. Não me pergunte mais nada. Além disso, costumo ver a senhora Alfieri na casa de Edwige...

– Edwige?

– A princesa de Lichtenfeld, corrigiu o doutor, negligentemente. Um ambiente muito curioso, muito avançado... Edwige descobriu não sei onde um mongezinho tibetano maravilhoso que realiza experiências surpreendentes com a germinação das plantas – uma espécie de Messias. Mas me diga, caro amigo, por que diabos uma intriga da sua secretária com Mainville poderia interessar-lhe? Pelo que sei, entre você e a condessa...

– Você sabe disso também? – respondeu Ganse. Decididamente, você sabe de tudo! Enfim! Permita-me responder que acho que você é absolutamente incapaz de compreender o que quer que seja a respeito desse sentimento tão particular, tão profundo, que une dois seres igualmente dedicados a uma obra comum cujo espírito domina sua vida.

– Isso que você diz é a definição do casamento, disse Lipotte, friamente. Nesse caso, seria melhor dormir juntos. A natureza previu esse tipo de simplificação.

– Eu durmo com quem eu quiser! – bramiu Ganse, exasperado. Além disso, minha secretária não é a única envolvida. Mainville é órfão...

– Você acha que tem deveres para com ela? Ora essa! Meu caro, creio que posso tranquilizá-lo. A condessa obviamente não é uma mulher qualquer. Mas existe uma forma superior de egoísmo contra a qual uma mulher, mesmo sendo extraordinária, nada pode fazer. Acrescento que seu protegido se parece com o tratado de Versalhes – frágil demais para aquilo que tem de duro. Antes de conquistar o mundo, a espécie da qual ele faz parte primeiro vai precisar criar um novo sistema nervoso simpático. Esses sujeitos ainda estão só usando o dos seus pais e o dos seus avôs. Mainville não é meu paciente, posso falar com franqueza. É um belo caso de sífilis congênita, doente dos nervos, ansioso e – provavelmente – uma criança desaparecida. Eis meu prognóstico, que é sombrio. O acaso que aproximou essas duas criaturas não parece tão estúpido: um vai destruir o outro.

Após um momento, Ganse contrapunha a seu sutil carrasco nada além de um rosto desfigurado pela raiva e pelo medo.

– Doente dos nervos, ansioso, criança desaparecida e o que mais? Um vai destruir o outro? Pelo menos que não me destruam primeiro! Estou numa casa de loucos, gemeu.

– Pare de falar bobagem, respondeu Lipotte levantando os ombros. Por acaso, cabe a um pintor da sociedade contemporânea falar assim? Ora! Antigamente, as religiões cuidavam da maioria dessas pessoas, é uma justiça que lhe devemos. Confinados a uma mesma disciplina e a exercícios que obviamente eram apenas práticos, mas muito engenhosos, acho eu, eles exauriam seus confessores, para a grande tranquilidade dos normais, que são, afinal, a exceção. Hoje o médico está sobrecarregado, ele precisa de tempo para enfrentar uma tarefa colossal, que diabos! Arre! Vocês compram abatedouros de homens – dez milhões de moedas debitadas em três anos –, revoluções quase igualmente caras, sem falar de outras distrações, e vocês queriam fechar as igrejas e as prisões ao mesmo tempo ... Que manicômio! E depois? Caro amigo, livros como os seus têm, aos olhos do modesto observador que sou, um imenso impacto social. Se nós, médicos, podemos garantir um serviço indispensável, a recuperação dos vagabundos, dos refratários, sua obra abre para eles um mundo imaginário em que seus instintos encontram uma aparência de satisfação que consegue desviá-los do ato.

Exatamente! Você alivia os subconscientes que, sem você, por menor que seja o potencial efetivo deles, acabariam por explodir prejudicando muito a todos. Veja a condessa por exemplo... Deus sabe do que uma mulher como aquela teria sido capaz! Agora, graças a você, ei-la longe de fazer mal a alguém, exceto a ela mesma, talvez, se tanto! Eu falava outro dia a François Mauriac: os dedos de Thérèse Desqueyroux soltaram mais de uma mão que já se agarrava ao frasco fatal...

Ele repetiu a frase duas vezes, com uma evidente satisfação.

– Você acha? – disse Ganse. É que desconfio de Simone... Agora há pouco ela disse na minha frente palavras estranhas...

– Que palavras?...

– Hesito em repeti-las na sua frente, balbuciou o autor de *A Impura*. E, além disso, não lembro exatamente delas. Eram sobre o final de um livro que é muito importante para mim e que não consigo terminar. Em suma...

O telefone tocou, e Ganse colocou distraidamente o auscultador na orelha.

– Philippe acabou de se matar, disse ele de repente, voltando seu rosto lívido para Lipotte.

VII

O restaurante favorito de Olivier Mainville é o de uma minúscula pensão familiar próxima da rua Notre-Dame-des-Champs, e ele explica essa preferência, para seus íntimos, por razões econômicas. A verdade é que ele reencontra, no pequeno mezanino de paredes manchadas, de teto carcomido, com seu cheiro de cola e suas modestas mesinhas floridas, alguma coisa do presbitério rural onde viveu seus melhores dias.

Essa pensão familiar, aliás, é frequentada exclusivamente por rapazes como ele, jovens provincianos admiravelmente acostumados, na aparência, ao clima de Paris, mas, mesmo assim, reconhecíveis à primeira vista, excessivamente bem vestidos, excessivamente corretos, apesar das gravatas escandalosas, dos casacos esportivos, com aquele ar de burguesia abastada, tão rara hoje em dia, aquela desconfiança cortês, última e brilhante metamorfose da manha camponesa, herança de uma longa sequência de antepassados ricos e avaros. A senhora Dunoyer, a dona, conhece admiravelmente bem sua clientela, e finge uma indulgência excessiva que confirma para cada um daqueles senhores a boa opinião que tem de si mesmo, de seus vícios prudentes, de seu cinismo fora de moda. Mas a maliciosa velha senhora sabe melhor do que ninguém que sua indulgência não tem riscos.

Ao bater da porta, Mainville levantou a cabeça, tomado por uma espécie de pressentimento lúgubre. Desde a manhã, ele está sofrendo com seu mal-estar crônico, com as palpitações cardíacas que, por mais que ele saiba que são inofensivas, não consegue deixar de acompanhar, com um dedo na têmpora ou discretamente colocado sob a manga. A cada nova aceleração do pulso, real ou imaginária, uma onda de angústia lhe percorre da nuca aos calcanhares.

No entanto, o desconhecido que mantém com a dona uma conversa em voz baixa, da qual ele só ouve um vago murmúrio, não tem nada que possa segurar a atenção: algum ajudante de padeiro, sem dúvida, que veio para um pedido. A senhora Dunoyer, sempre sentada ao balcão, acaba de inclinar-se quase até o ombro de seu interlocutor, de modo que Olivier não consegue distinguir seu rosto. E, de repente, o rosto do desconhecido se volta para o salão, com aquele cruel descaramento dos portadores de más notícias, um rosto quase exangue, desprovido de queixo, pendurado num pescoço ainda mais pálido.

– Senhor Olivier, disse a dona com uma voz compassiva, chegou uma mensagem.

Ela desviou o olhar com um profundo suspiro, e o desconhecido já estava no patamar da escada, onde Mainville seguiu-o mecanicamente.

– Veja, disse o rapaz com uma voz débil, seu amigo Philippe acaba de meter uma bala no próprio corpo. Isso aconteceu no hotel onde moro, onde ele costumava ir, para encontrar seus colegas. Ouvi o tiro do meu quarto, que é no mesmo andar. Havia um pedaço de papel na mesa, com seu nome e o endereço do restaurante. Nós avisamos os camaradas, mas discretamente, por causa do dono do hotel, que não gosta de confusões.

– Ele... Ele... Ele... morreu? – gaguejou Olivier, agarrando firmemente com as duas mãos o corrimão.

– Não. Ele chegou mesmo a pedir que nós o colocássemos sentado na poltrona. Entre nós, o sujeito falava com frequência de se matar, mas ninguém acreditava nele, né? Ele é um tipo esquisito, sem ofensa, e meio difícil de entender. Essas caras com estudo, feito ele, têm lá seus meios de impor respeito à família, não é? A gente só sabe que ele queria se matar – será mesmo? Note bem que eu falo isso sem saber, é só uma ideia, bem! Ainda vamos tomar um táxi...

    Philippe tinha sido efetivamente transportado sobre a poltrona. O pequeno quarto parece um cubículo genérico de albergue, mas é iluminado, porque sua janela dá exatamente para uma brecha entre os edifícios feita por um estreito casebre em demolição, cujos andares superiores já foram decapitados, e cujo andar térreo já estava sendo derrubado a picaretadas. Do corredor, Mainville viu a cena inteira de uma vez só, pela porta entreaberta.

    – Camarada Danilow, estudante.

    – Estudante de medicina em Beaujon, acrescenta o recém-chegado, com voz cantada.

    Ele chega com um extraordinário paletó bege, quase rosado, com listras verdes, grande demais para ele, e, aliás, prodigiosamente insólito sob aquele céu de inverno. A cabeça minúscula, com espessas maças do rosto, sumiu pela metade debaixo das dobras de um cachecol de lã cinza, sem dúvida tomado emprestado do vestiário do hospital, e Mainville só viu os olhos esverdeados, inexpressivos, em que o olhar parece aflorar por instantes e desaparecer imediatamente, assim como uma água turva que não consegue subir.

    – Os camaradas prefeririam que ele não fosse levado para o hospital, diz ele. Mas é preciso tomar cuidado, por causa das regras da polícia, não quero atrair problemas, entende?... O senhor é da família? – perguntou ele sem se virar, porque Olivier, apesar de todos os seus esforços, não conseguia abrir a boca. Ele ouvia o coração em seu peito, assim como um pequeno animal assustado e enraivecido.

    – Não, só amigo, explicou o outro, tirando o casaco e deixando aparecer um suéter azul, manchado de óleo e de gordura. Foi uma brincadeira de mau gosto que Pipo fez conosco. Naturalmente, entendo que todo mundo tem a liberdade de se matar. Mas não é muito esperto usar para isso o quarto de um amigo. O camarada Gallardo não tem documentos, e, se o dono do hotel souber disso, o negócio com certeza vai ficar feio. Sem contar que a polícia não gosta muito dos espanhóis desde a questão de Astúrias.

– Ele vai... Ele vai morrer? – gaguejou, por fim, Mainville.

– Acho que não, disse o estudante. Mas a bala não deve ter passado longe das coronárias.

– Vamos tentar descê-lo com cuidado, disse um vizinho, de pé na soleira da porta de seu quarto, no fundo do corredor tenebroso. Que diferença vai fazer para ele, em suma, bater as botas aqui ou em outro lugar? Desde que a gente libere o quarto, o dono não vai se importar.

O olhar do homem de suéter não se descolava do belo rosto decomposto de Mainville.

– Cale a boca, Jo! – suplicou uma voz de mulher. No que é que você está se intrometendo? O andar inteiro está a maior bagunça. A melhor coisa que você tem a fazer é chamar a polícia.

– E depois? O que é pode trazer para mim? Depois de julho, vou estar com tudo em ordem. Vai estar tudo resolvido e vou poder mudar de rua.

– Chega, camarada, voltou a falar o homem de suéter. Corra para avisar Gallardo na usina, talvez ele tenha alguma ideia. Diga, então, disse ele voltando-se para Olivier, se você é mesmo amigo dele, então, tem de se decidir. Não vamos ficar conversando no corredor até anoitecer. Sem contar que eu nem tive tempo de comer, e tenho de estar na usina antes das três, está entendendo? Se fosse você, eu desceria até o café aí em frente e telefonaria para a família. Olha, chegou a senhorita Vania, já não era sem tempo.

– Ele morreu? – disse a recém-chegada.

O tom tranquilo de sua voz fez o secretário de Ganse ter um sobressalto.

— Eu trouxe a minha mala, disse ela. Que ideia mais louca essa de querer se matar atirando no peito sem conhecer anatomia! Não é, camarada Danilow?

Ela continuou a falar vivamente com o estudante, mas em russo. Depois, com uma piscadela, fez sinal para que Olivier fosse atrás deles, entrou no quarto e fechou a porta. Com o ruído, mesmo baixíssimo, o ferido pareceu levantar um pouco a cabeça, que caiu um pouco para trás no travesseiro. Mas o olhar de Mainville rapidamente se desviou: ele se esforçou para não tirar dos olhos o rosto da moça, do qual ele tirava a coragem necessária para não fugir.

— Francês? — disse ela com um sorriso ambíguo. Impressionável como um francês. Olhe um pouco pela janela, acalme-se. Agora eu vou lhe dar uma injeção. Danilow! Abra a mala. As ampolas estão na caixinha de couro.

Ela já tinha tirado da bolsa um estetoscópio e começou a auscultar cuidadosamente o coração do ferido.

— Você está enganado, meu velho, disse ela, enfim. A bala nem sequer roçou na artéria, não é nada grave.

Essas palavras deram a Mainville algum sangue-frio. Durante essa cena toda, ele não parou de pensar no seu próprio risco, aliás, imaginário, de ter uma síncope a qualquer momento. Ele voltou oportunamente para a russa um olhar de mártir levando vergastadas, repleto de uma resignação dolorosa. A questão que ele esperava, enfim, chegou.

— E você? Não está bem?

— Nem tanto, disse ele com uma voz sem timbre. Sou suscetível a ter... algumas crises cardíacas e...

Ele já ia estendendo discretamente o pulso, enquanto o estudante e sua companheira trocavam entre si um olhar de aborrecimento que fez com que ele corasse até os olhos.

— Fique tranquilo um momento, disse Danilow. Nesses casos, o mais simples é pensar em outra coisa...

– No seu amigo, por exemplo, propôs a moça. Mas o tom da sua voz atenuou a dureza da observação.

– Aliás, eu me pergunto como é que você pode ajudar aqui. A menos que o camarada não quisesse lhe pregar uma peça – isso seria bem do seu feitio. Não fosse pelo ferimento – nada de mais, é só um arranhão! –, disse ela, elevando a voz como que para se fazer ouvir pelo ferido, tudo isso seria muito semelhante a... um teatro. Tudo nesse país tem esse caráter de... de convenção, você não acha? Ironia e amor, amor e ironia, os franceses nunca saem disso. Seu país é rico demais, esse é o problema, um país de lazer, nem os camponeses são verdadeiros, seus burgueses têm jeito de nobres. Você nunca veio aqui, não é mesmo?

Ele sacudiu a cabeça.

– Ele adorava isso, essa caixinha... Ele adorava o subúrbio. Vocês, jovens burgueses, não têm medo da miséria. A miséria é medíocre, burguesa, está ao alcance de qualquer um. Entre nós, ela é... ela é majestosa, imponente, real... Sim, ela tem a majestade do inferno. Apesar disso, o hotel é cômodo: nossos camaradas se encontram aqui com mais facilidade do que em outros lugares; o dono é da polícia, mas é um policial das antigas, ele é mais garantido do que os outros, os de Marselha, os de Auvergne, ele é mais regular. Só que...

Ela enxugou cuidadosamente a seringa antes de colocá-la de volta no estojo.

– Seria preferível que o ferido não ficasse aqui. Na falta de algo melhor, poderíamos levá-lo para a casa de Thiévache, aqui do lado? Veja você, disse ela, voltando-se para Mainville, nós somos um pequeno grupo libertário, muito reservado, muito fechado, nós desconfiamos dos "dedos-duros" (ela pronunciou essa palavra de um jeito esquisito). É melhor deixar a polícia e a família de fora. Não é, Danilow?

Ela continuou a conversa em russo, com o mesmo tom de indiferença absoluta, como se o destino do ferido não lhe interessasse mais.

Olivier se sentia um joguete num sonho. Em vão, ele lançava para Philippe de tempos em tempos um olhar furtivo, não conseguia reconhecer seu companheiro naquele bizarro rapaz de olhos fechados, com o torso envolvido num curativo recentíssimo, imaculado. Nenhum espetáculo, por mais horrível que ele conseguisse imaginar, teria posto à prova seus nervos doentios tanto quanto o daquele quarto asseado, fechado, quase alegre, com aqueles dois desconhecidos discutindo pacificamente ao lado de um ferido que, para eles, parecia tão importante quanto um mendigo ou um bêbado. Certos pesadelos têm esse caráter misterioso de frivolidade dentro do horror.

– Danilow não acha que... começou a jovem russa.

Os três subitamente se voltaram. Uma espécie de gemido saiu do travesseiro. A voz rapidamente se tornou distinta.

– Falhou, disse Philippe.

– Completamente, meu caro, respondeu a estudante. Você escolheu o lugar certo, e isso não foi tão fácil. Até parece que você conhece anatomia melhor que eu...

Novamente Mainville viu-a trocando com seu camarada um olhar enigmático.

Certo rubor chegou às bochechas pálidas de Philippe.

– Vocês estão me aborrecendo, disse ele, vocês todos me aborrecem, juro! Já tem uns bons cinco minutos que estou ouvindo vocês. Isso me chega como que através de uma névoa espessa, de muito longe... Eu me perguntava se estava lendo ou se estava ouvindo. "À meia-noite, as palavras voltam para o fundo dos livros."

– Não fale tanto, aconselhou o homem todo de bege. Você está mais assustado do que ferido, e se você conseguir ficar em pé...

– Estou me sentindo muito bem, disse Philippe. Eu queria simplesmente que me deixassem sozinho cinco minutos com meu amigo.

– Está bem, respondeu a moça secamente. Vamos pedir para o camarada Thiévache ir no seu táxi. Como desde quinta ele trabalha à noite, temos certeza de que ele vai estar na garagem. Danilow vai lhe emprestar um paletó: o seu está cheio de sangue.

Mas o ferido não escutava. Com uma piscadela, chamou Mainville, e assim eles ficaram alguns segundos, face a face. Nenhum detalhe da estranha cena escaparia ao secretário de Ganse, porque depois ele fez um relato preciso, e, no entanto, ocorreu naquele momento diante dele sem que jamais tivesse a impressão de interferir efetivamente. Até o som da sua voz tinha para ele se tornado algo alheio.

– Mas bem! – continuou Philippe – está vendo só? Ainda não fui embora... Mesmo assim, coloquei a cara na janela...

Sua vergonha era visível, mas ela escapava inteiramente a Mainville. As palavras de seu interlocutor despertavam nele um personagem que encontrava de imediato a resposta conveniente, que os lábios de Olivier repetiam com total distanciamento. E era justamente a estrita conveniência das perguntas às respostas que dava a todo o diálogo um caráter bizarro, artificial, que Philippe não conseguiu suportar. Desse estranho desdobramento, Mainville até o fim só teve uma vaga percepção, ainda que tivesse confessado depois que o pressentimento de um desenlace trágico não o tivesse deixado. Mas essa espera permanecia curiosamente desprovida de qualquer sentimento de horror ou até de piedade. Tendo a certeza de um infortúnio já inevitável, ele chegou antes a desejá-lo do que temê-lo, como uma espécie de impaciência ou de curiosidade cínica. "Parecia-me que eu via cair do alto de uma montanha um homem desconhecido, por quem eu não podia fazer absolutamente nada." Como explicou Lipotte, muito tempo depois do ocorrido, o infeliz rapaz já estava sofrendo a terrível crise nervosa que quase lhe obscureceu a razão. Ele mesmo, aliás, confessou ao psiquiatra: "Enquanto conversávamos, eu julgava ver distintamente, acima dos ombros de Philippe, uma longa estrada reta, impressionante, infinita, cercada por duas fileiras de árvores enormes, de um verde pálido com reflexos prateados, cujas copas eu ouvia fremir".

— A cara na janela, repetiu o sobrinho de Ganse. Mas está terrivelmente escuro do outro lado. Eu não vi nada. O que você acha, meu senhor?

— Acho que isso é idiota. Quinze dias ou três semanas de clínica para não ter visto nada!

— Idiota! Idiota... Essa é a única palavra que você tem na boca. O velho Ganse vai lhe dizer isso também. E talvez eu mesmo um dia... Porque está bem aí o horror do negócio, meu jovem Mainville, eu acabo sempre falando como todos vocês. E todos vocês dizem a mesma coisa. Bah!... Você ouviu esses dois judeus? Em suma, eles lamentam que eu não tenha realmente morrido; eles teriam me levado para baixo numa mala, para não arriscar trazer problemas ao camarada, um bronco, um vadio...

— Eu me pergunto por que você anda com essa gente.

— Por quê? Eu faria de bom grado a mesma pergunta à Vossa Senhoria. Por quê? Não são eles que eu amo, meu caro, ou ao menos que eu creio amar. É o subúrbio, as ruas do subúrbio, as quitandas, a sombra fresca e fedida, os moleques, a valeta que leva as folhas de couve e de salada, o não sei quê de ralé e de infantil que me recorda... que me recorda... depois de tudo, é fácil de adivinhar o que é que isso me recorda! Eu não fui carregado no ventre de uma grande burguesa, não. E, exatamente, veja, esse bairro aqui, é o dela...

— Mas, então, que ideia esquisita essa de escolher este bairro aqui para...

— Para? Ah! Sim... Eu não o tinha escolhido para morrer, não. A ideia de me matar me veio porque... Eu preciso te falar, meu velho. Antes de servir de asilo a esse vadio espanhol, esse maldito quarto abrigou os castos amores de uma jovem plumaceira, uma pessoa tão alegre, que me chamou também... Bem, riscando alguns anos do calendário, eu teria tido a ilusão de poder enganar o velho Ganse...

— Inútil bancar o cínico comigo, Philippe. No fundo, você é um sentimental, meu caro. Todo mundo sabe.

– Talvez, sim. Seria preciso saber o que é que essa palavra significa nessa boquinha suja. Mas, claro! – afinal. Deve ser lindo amar e admirar. Só que é necessário começar jovem, e eu provavelmente já esperei demais. Quando eu era moleque, recebia na escola – nem sempre, mas acontecia – meus presentes pelo correio. Pelo correio, pela simples razão de que eu passava minhas férias lá na escola mesmo. Então, eu colocava o pacote em cima da minha mesa de cabeceira, no dormitório, e deixava para abrir amanhã, depois de amanhã... Eu sempre esperei tempo demais, tempo demais para tudo... E, veja, meu velho, até esse suicídio...

Seu olhar procurou desesperadamente o de seu camarada e, sem dúvida, ele teria conseguido, em outras circunstâncias, vencer o egoísmo de Mainville, porque aquele olhar era mais claro e mais dilacerante do que qualquer chamado, um olhar que, por um súbito milagre, foi lavado de todas as mentiras, um olhar nu. Mas os olhos do secretário de Ganse o refletiram como um espelho, com a mesma indiferença estúpida.

– Ah! Eu sei o que você está pensando, continuou Philippe, com uma voz rouca. A mesma coisa que aqueles dois canalhas, não é? "Até parece que você conhece anatomia melhor do que eu..." Aquela vaca! Escute, meu querido. Nesse momento, eu deveria estar mesmo agonizando, e deveria te confiar, entre dois soluços, meu último pensamento... Não é verdade que eu queria ter enganado o velho Ganse. Só que...

Ele ficou em silêncio por um minuto, com as pálpebras semicerradas.

– Só que é verdade que eu dei uma chance a mim mesmo, uma pequena chance, nada além de uma chance. Senão, eu teria metido a bala na boca. Me ajude a me levantar, meu velho, agora estou me sentindo muito bem.

Ele, porém, levantou sozinho da poltrona, e foi para o outro lado do quarto.

– Os idiotas deixaram aqui o instrumento do crime, disse ele enquanto tirava das dobras do cobertor uma minúscula pistola. Não há do que ter medo, idiota! Como dizem nos jornais, "o instrumento travou", naturalmente. Inofensiva como uma pistola d'água. Eu gostaria de simplesmente reconstituir a cena, para o seu prazer. Palavra de honra que eu não vim aqui mais disposto a morrer do que de hábito, pelo contrário. Meu plano, por exemplo, era abandonar Ganse. O vadio espanhol tinha me arrumado um emprego de entregador no Faraud, e exatamente no bairro de Ternes – um imenso triciclo de 500 cilindradas – imagine só a cara do Ganse! Enfim, dava para se divertir por uma semana ou duas, e eu também gostava do pessoal, umas figuras. Um sujeito que fez duas vezes o Tour de France, outro que era atleta internacional de rúgbi, um dançarino de cabaré desempregado e dois bacharéis. Em suma, eu me sentia, antes de tudo, em forma. Foi de repente que a ideia me veio. Não era nem exatamente a ideia de me matar, era como a certeza de já estar morto, o sentimento de uma solidão, de uma solidão tão perfeita que viver – você entende: ver, ouvir, respirar, viver, enfim – subitamente me pareceu uma anomalia intolerável. O que é esse maldito coração que cisma em perturbar, com seu tic-tac imbecil, com seu ruído de escapamento mecânico, aquele silêncio solene em que eu tinha acabado de entrar? O que é esse inseto repugnante? Nesses momentos, pareceria inteiramente natural abrir um buraco no meio do peito para arrancá-lo com a mão e esmagá-lo com o pé, como um inseto nojento... Eu sabia que a pistola do espanhol estava na mesa de cabeceira. Eu pulei em cima dela, literalmente. Eu tinha um olho na ponta de cada dedo.

Ele respirou ruidosamente.

– Enfim! Meu velho, foi aí que eu perdi a coragem! O cano já estava na minha boca – bum! – e eu coloquei em cima do peito e não procurei, de verdade, o lugar, não! Eu tinha de lhe dizer isso. Você acha que sou covarde?

– Eu... Eu não sei..., disse Mainville.

Mas ele mais balbuciou do que articulou essa frase assassina. E Philippe já tinha dito que as palavras só chegavam a seus ouvidos através de um silêncio espesso.

— Olhe bem na minha cara, idiota! – gritou o sobrinho de Ganse, exasperado. Estou perguntando se você acha que sou covarde.

Ele gesticulava, com a arma na mão. Num determinado instante, a pequena coisa fria e brilhante roçou a testa de Mainville, e o contato quase o tirou de seu estupor.

— Você acha que é este o momento de agir desse jeito ridículo? Isso é tão romance russo. Covarde ou não, você sabe, não estou nem aí. Em todo caso, o melhor é você guardar esse troço nojento na gaveta.

— Ora, dane-se! Eu fiz a pergunta, eu mesmo vou respondê-la, já que você não responde. Provavelmente, não sou covarde, mas acabo de constatar com estupor que nunca vou ter certeza disso. Vou sempre ignorar se, em outros tempos, eu teria sido um herói ou um santo. Eu simplesmente declaro que este lugar, onde tenho a desgraça de viver, não me oferece a mínima ocasião de tentar alguma experiência com a menor chance de sucesso. Resta, então, apostar. É isso que vou fazer.

Ele recuou tão bruscamente que Mainville não teria podido intervir, mas ele nem sequer tentou. Essa conversa, aparentemente semelhante a tantas outras que eles já tinham tido, não despertava nele nenhum sentimento além do desejo dissimulado de fugir, não importando de que jeito. E a mesma lassidão e a mesma repulsa podiam ser lidos claramente nas feições transtornadas de Philippe. Sua boca, naquele momento mais infantil do que nunca, não parecia articular a contragosto mais do que frases vãs, nas quais ele não acreditava mais. O duplo olhar que eles trocaram era o de dois cúmplices, reunidos por acaso, igualmente cansados um do outro, ou de dois corredores esgotados, no limite de seu esforço.

Será que ele acreditava mesmo que a arma estava travada? Ou não seria mais provável que ele tivesse inventado essa história para tranquilizar Mainville, para impedi-lo de chamar ajuda, para possibilitar essa cena suprema e pueril? Ninguém jamais soube, e, se ele tivesse sobrevivido, sem dúvida, nem ele saberia. Como Olivier, Simone, o velho Ganse ou o horrendo Lipotte, ele estava no fim de suas forças, ele também...

    Seu braço direito se levantou lentamente e, por uma atroz ironia, seu companheiro, petrificado de horror, julgou reconhecer o gesto habitual – aquele jeito que ele tinha de passar diante do rosto, com uma hesitação fingida, um pouco afetada, a bela mão rosada e loura... A detonação mal fez o barulho de uma garrafa desarrolhada. Ele ficou de pé um momento, um longo momento, um segundo interminável, encarando Mainville com um rosto extraordinariamente sério, reflexivo, atento. Depois, os dois olhos viraram-se diversas vezes, de um ângulo a outro da órbita, com uma rapidez inconcebível, antes de imobilizar-se lentamente, voltados para o alto, exibindo as duas convexidades lívidas, assim como dois minúsculos peixes mortos.

VIII

— Meu Deus, disse ela, sem capote, sem chapéu? O que é que você tem?

Só muito raramente ela o tratava desse jeito. Ele respondeu com uma rudeza intencional:

— Sim, pois é. Me dê um uísque, um gim, não importa. Você não está vendo que estou encharcado? De uma pleurisia eu não vou escapar, isso com certeza.

Com a mão esquerda, ela procurou um pouco atrás do ombro um gancho rebelde. E com seu busto, assim virado, gentilmente retorcido sobre os quadris, envolvendo Mainville com aquele olhar imaculado, aquele olhar com que, como às vezes dizia o velho Ganse, ela sabe tomar e retomar, sem nunca ficar cansada, a verdadeira medida de um homem.

— Repouse, disse ela, se acalme. Quantas vezes é preciso lhe dizer que essas crises são muito mais perigosas para você do que pleurisias imaginárias?

Ela se aproximou lentamente dele, e, com delicadeza, colocou a mão sobre seu ombro.

Ela só via sua testa redonda de criança, tão pura naquele rosto cujo murchamento precoce permanecia imperceptível a todos, aquele rosto arredio no qual ela há semanas não pousava os lábios sem uma espécie de angústia horrível.

— Você faz mal em se drogar desse jeito, meu bonitinho. A heroína não te traz nada de bom.

Ele deixou a cabeça cair entre as mãos. Uma de suas mangas, encharcada de chuva, tinha caído até a ponta de seus dedos, e o perfume de seu tabaco favorito subia das palmas úmidas com o cheiro do âmbar.

— Philippe... acabou... de se... matar, ele acabou gaguejando com uma voz cavernosa e irreconhecível.

— O quê?!

— Na minha frente... Sim, na minha frente. Eu estava pertinho dele, dava quase para tocá-lo. Veja só, tem pólvora nos meus joelhos e no meu pescoço. Ela pinica como cem agulhas, ai!...

Ele engoliu três copos de uísque e ela teve de lutar por um segundo para arrancar a garrafa de suas mãos. Ele sentiu o contato de seus longos braços de músculos invisíveis, mas duros como aço.

— Temos de avisar Ganse, disse ela calmamente.

— Isso já foi feito. Eles fizeram isso.

— Eles quem?

— Os caras, lá. Philippe se matou num albergue nojento no fundo de Belleville, um lugar péssimo.

— Ah! Seu olhar pareceu vacilar um momento, mas ela imediatamente se recompôs. Isso ia acontecer. Philippe era um garoto sentimental. Ele representava a comédia do cinismo, ele morreu dela. Todos nós representamos, mas é preciso escolher no tempo certo nosso papel – um papel que nos permita mentir aos outros sem perder totalmente o contato com nós mesmos. Há muito tempo ele tinha perdido esse contato.

Ela se calou, parecendo seguir com os olhos uma imagem rebelde, que ela não conseguia fixar.

— Veja só, disse ela, enfim. Ele amava Ganse. Ou pelo menos ele quis amá-lo.

Ela se calou de novo. A magra figura de Olivier parecia se encolher ainda mais, e a expressão que ela temia acima de tudo se fixou nele pouco a pouco – a expressão de uma teimosia imensurável, se é que se podia dar esse nome a uma das formas mais complexas e mais ferozes de certo desespero infantil.

– Me deixe em paz com o velho Ganse, gemeu ele. Agora, isso é tudo que você acha para... Eu vou morrer, gritou ele, subitamente. Morrer, com certeza!

Ele pulou da poltrona e ficou em pé, com uma mão ferozmente grudada à pasta. Sua bela cabeça oscilava da direita para a esquerda, sem tirar os olhos dos edifícios lá fora, com uma expressão indefinível de surpresa e de terror, como se ele acreditasse que estava vendo-a aproximar-se dele para esmagá-lo. Por mais habituada que ela estivesse àquelas crises de angústia nervosa, ela quase perdeu seu sangue-frio, e segurou convulsivamente o braço de seu frágil amante.

– Calma, disse ela, recuperando quase sem perceber o tom e as palavras que tantas vezes tinham acalmado aqueles ataques, o que é que você está imaginando? Seu pulso está um pouco rápido, mas bastante regular, muito bem marcado.

Ele voltou para a voz compassiva um olhar de animal ferido. Ele não ouvia as palavras. Ele era sensível apenas ao tom familiar que sua memória confusa associava a imagens de paz, de felicidade, de infância. E, como já tinha acontecido tantas vezes, aquele terrível vazio interior de angústia desapareceu, subitamente. O instinto de viver retornou, tão forte, tão imperioso, que ele teve a impressão de senti-lo ardendo em suas veias, e seus lábios ressecados ficaram subitamente úmidos e se abriram para saborear seu gosto. Comparação nenhuma poderia dar a ideia dessa euforia ainda tão intimamente misturada à dor vencida, que a consciência mal conseguia distinguir, exceto, talvez, o súbito afluxo de sangue num membro congelado. Mas, como em cada vez que isso aconteceu, um medo, uma desconfiança obscura, supersticiosa, impedia Mainville de confessar as incandescentes e selvagens delícias da segurança recuperada. Contudo, sem conseguir segurar o transbordamento de uma força precária, ele a deixou sair numa cólera semirreal, semifingida, permeada pelas lágrimas.

– Depois disso tudo, não estou nem aí para Philippe! Ele se matou para me provocar, para me humilhar. Sim, por mais idiota que isso pareça, estou dizendo que não foi por outra razão que ele se matou. Até o último minuto, eu vi aflorar nos olhos dele um... um... Oh!

Ele mordeu com força seu punho. Seus dentes rangeram contra a pulseira de ouro. Simone não conteve um sobressalto.

– E você não fez nada?, disse ela. Não tentou nada?

– Fazer o quê? O que é que eu teria feito? Há horas eu me arrastava, literalmente, nem conseguia ficar em pé. Em momentos assim, eu não conseguiria nem defender minha própria vida, quanto mais a vida dos outros! E depois... E depois, quando um energúmeno gesticula brandindo um pistola carregada, talvez não haja nada de errado em se preocupar primeiro com a própria pele.

– Você tinha de gritar, chamar alguém, alguma coisa!

– Chamar quem? Você não tem ideia de como era aquele albergue, de como era aquela gente que andava com ele! O sujeito que veio me procurar na pensão tinha toda a pinta de assassino, *toda*. Eu só me senti um pouco tranquilo no táxi, e mesmo assim! Aliás, tive de correr até Buttes-Chaumont para encontrar um...

Ele, então, andava de um lado para o outro, de cabeça baixa, com as costas encurvadas, subitamente envelhecido e irreconhecível. Era visível que ele esperava que ela respondesse, que protestasse, que lhe desse a oportunidade, ou ao menos o pretexto, de cuspir os xingamentos que ele sentia entupidos na garganta, como se fossem uma caixa de víboras. Mas ela não parava de encará-lo, com a aparência impassível, ainda que a expressão simultaneamente resignada e feroz de seu rosto magro, como que iluminado por dentro, fosse terrível. E, assim que ela voltou a falar, a calma sibilina de sua voz, sem dúvida, era ainda mais terrível.

– Olivier, disse ela, por que essa vontade toda de parecer mais covarde do que é?

– Mais covarde? Ora, ora, não venha falar nisso de novo. Acabei de discutir exatamente isso. "Será que sou covarde?", foi exatamente isso que Philippe me perguntou antes de... Eu deveria ter-lhe respondido: "Não sei de nada, espero!". Covarde! Uma bela palavra que os imbecis usam para assustar os outros. Palavra que assustou os ingênuos por tanto tempo em que os governos prudentemente recrutaram os heróis da história, os lendários homens cujas cordinhas nossos professores puxavam, e que diziam palavras de incentivo ou de ameaça com uma voz cavernosa, uma voz de além-túmulo, que fazia as crianças passarem mal. "Serei um herói!", dizia o garoto, praticamente como se tivesse desejado ser o gigante Adamastor ou o mago Merlin. Mas o truque não funciona mais, minha cara! Agora, nós sabemos o que é um herói! É uma figura grotesca de zinco, com um capacete de zinco, um fuzil de zinco, calça e casaco de zinco, grevas de zinco e uma mulher nua, ela também de zinco, deitada às suas botas de zinco ou colocando em sua cabeça uma coroa de zinco. É isso que desde 1920 nós enxergamos na mais minúscula praça da mais sórdida das cidades francesas. Covarde? Pois eu acho que sou covarde! E se você não gostar disso, dane-se!

– Não, não gosto disso, disse ela. Questão de gosto, de hábito, ou, se você preferir, de preconceitos... Eu sou só uma mulher, afinal.

– Uma mulher! Mais uma dessas palavras em maiúscula que há séculos escarnecem das criancinhas, de uma ponta à outra do dicionário. No último banquete de meu clube de esgrima, o general de Montanterre brindou "à Glória e à Mulher..." Que velhote mais ridículo!

Sua voz aguda soava cada vez mais falsa em meio ao silêncio. E sua agitação quase convulsiva mal disfarçava sua perturbação: ele não conseguia concluir seu acesso de cólera, assim como um dispneico não consegue concluir sua respiração.

– Diga, então, que me despreza! – balbuciou ele, enfim. Não espere mais!

– Não, disse ela. Eu só lamento um pouco por você, não muito. E, além disso, não creio mais que você nas maiúsculas, meu querido.

Ela se inclinou sobre a cadeira, tomou as mãos dele nas dela, e ele não tentou retirá-las. Alguns segundos de silêncio tinham bastado para que sua cólera arrefecesse, e ele já se sentia sem forças contra as imagens ainda confusas que, de um momento a outro, iam ressurgir.

— Me passe a garrafa, disse ele. Estou com sede...

Ele bebeu de novo. Seus dentes tiritavam contra a garrafa, mas seu olhar recuperou a força e o brilho.

— Vou embora, disse ele com uma voz sem timbre.

— E para onde?

— Não importa. Vou sair andando. Para qualquer lugar.

— Você logo vai se cansar, disse ela com um suspiro.

— Talvez não. Vou-me embora sozinho. Sozinho e sem um tostão. Exatamente. Ora! Eu nunca tive medo de *ficar sem o necessário*, como diz a avarenta da minha tia. Para mim, o necessário...

— Sim, meu querido. Vinte francos por mês para o necessário, e duzentos para o supérfluo, sei como é.

— Vou trabalhar.

— Em quê?

— Em nada, em quase nada! Essa ideia é tão 1900! Achar que o dinheiro é ganho! Ganho! Por que não merecido?

— Mesmo?

— Mesmo. Essa fórmula, ganhar dinheiro, causa-me horror. Ganha-se uma promoção, a estima de seu chefe, o paraíso, o que é que eu sei? Não se ganha uma lebre ou uma perdiz. O dinheiro, também, é coisa que se caça. Você anda com o fuzil e atira no que aparece. Basta uma olhada: é coisa de um quarto de segundo. É possível que antigamente... Mas, agora, o dinheiro, você sabe, é coisa que anda, que se mexe, que não se guarda em pé de meia, como um coelho na rede. E aqui a comparação com o caçador não funciona mais, porque raramente quem atira é quem junta o dinheiro.

— Você fala bem, disse ela com um sorriso triste, mas nem sempre basta ver, é preciso ser capaz de correr também.

Ela passou delicadamente a mão sobre os olhos de seu amigo, acariciando-os.

– Não fique zangado. Eu só quero dizer que você não é homem de correr atrás da oportunidade, você logo fica sem fôlego. É a ocasião que precisa vir até você, ela sempre vem para todos os da sua espécie. De que adianta correr atrás de pássaros selvagens, de persegui-los nas copas das árvores, correndo o risco de quebrar o pescoço, quando eles vêm por conta própria pousar na mão estendida, batendo as asas?

– Palavras, disse ele. Quando penso que tive de engolir aquele sermão laico do velho Ganse. Que sujeitinho! Por um momento achei que ele ia citar o Evangelho. Ele tem todo o jeito de padre laicizado, tem até o cheiro.

Ele andava pelo quarto, sem pensar no paletó úmido, enrugado na altura dos quadris, nos bolsos escancarados, no colarinho caído.

– O que é que você espera que eu faça? – continuou ele, com amargura. Esperar? Esperar o quê? Os pássaros, os famosos pássaros na mão, imagino?

– Fique aqui esta noite, disse ela. Vamos encomendar um belo jantarzinho do Fauvert. E, depois, você vai ler para mim os seus poemas, os seus belos poemas. Os pássaros mais selvagens, os mais tímidos, esses não vamos encontrar. E você vê, eles aparecem, sabe Deus de onde!

– Pois que voltem! Boa viagem! Já me trouxeram mal o bastante esses seus cisnes!

– É exatamente por isso que eu gosto deles, respondeu ela com sua voz tranquila. Só eles conseguiram fazer você sofrer um pouco. Eu gostaria de fazer você sofrer um pouco, mas não conseguiria. Nem eu, nem ninguém.

– Mudar de pele, suspirou ele. O remédio é esse. Veja, há dias em que eu, por um nada, arrancaria minha fantasia de menino rico, a valise de Russel, a *nécessaire* de Marquet, e iria comprar no Sigrand um terno de veludo de três peças e uma camisa de flanela, com pompons vermelhos. Depois, vou alugar um quarto em Belleville, numa dessas belas ruas de Belleville em que o cheiro das frutas nas quitandas preenche o ar, em que o mero odor dos açougues traria o sangue de volta às faces de qualquer irlandesa pálida, eu...

— Cale-se, disse ela, não vá brincar com a pobreza do mesmo jeito que brinca comigo. Você pode ir longe, meu querido, muito longe mesmo, mas com a passagem de volta no bolso. E a verdadeira passagem de volta é só uma – é um talão de cheques, simplesmente.

— E onde é que eu conseguiria o meu talão de cheques?

— Calma, querido, tenha um pouco de paciência. Sua tia tem sessenta e oito anos e, como cereja do bolo, uma endocardite. O médico já disse a você inúmeras vezes que qualquer emoção forte pode matá-la. Uma emoção forte é coisa com que qualquer um pode se deparar, até mesmo em Souville. Basta que você multiplique as imprudências que vai entregar a vantagem para essa espécie de religiosa – uma finória entre parênteses, meu pobre amor. Confesse que você escolheu uma estranha intermediária!

— E depois? Não saem dez francos da casa cinza sem que ela ajuste os óculos por cima do nariz, anote a quantia no livro de contabilidade, o famoso livro com pontas de cobre. Sem ela, minha querida, eu teria de me contentar com a minha pensão, mil francos por mês. E antes! Veja só, com dezessete anos, sabe quanto eu ganhava? Vinte francos para o lazer, vinte francos!

— Por dia?

— Por semana!

— Que importa? Escute, Olivier, uma velha senhora inteligente, que tira seu prazer de Anatole France e de André Gide, vamos, não vai ser difícil de seduzir.

— Ora! Seduzida ela já está. Quer dizer, ela, do seu jeito, vai acreditando em mim. Ah! Não que um amor vá lhe virar a cabeça, isso não!... Aquela cabecinha nunca virou por causa de ninguém. Mas, enfim, ela tem como que uma fraqueza pela minha pessoa – sempre prestes a me deserdar num piscar de olhos, como se ela deixasse cair seu monóculo – crac!

— Seu monóculo? Você nunca me falou desse monóculo.

— Ela o usa raras vezes. Uma moda de antigamente, do tempo de sua juventude – ela era amiga da princesa de Sagan, da marquesa de Belboeuf, de um monte de mulheres da moda.

– Ah!

As pálpebras de Simone tinham acabado de se abaixar bruscamente e ela não reprimiu algo como um sorriso que flutuava em seu rosto sem conseguir fixar-se nele.

– Eu me pergunto por que você não aproveitou suas últimas férias para...

– Para te apresentar. Mas ainda era difícil demais, já falei mil vezes. Você não passaria, veja bem, dez minutos, dez minutos com a senhora Louise sem...

– O que é que você sabe? – respondeu ela. É claro, teria sido necessário ver as coisas a uma distância suficiente. Você me fez esperar seis meses pela sua carta, pela sua famosa carta – e ainda achou um jeito de deixar Ganse surrupiá-la.

– Eu faço o que bem entendo, disse ele.

Apesar de seus cômicos esforços para pronunciar distintamente cada palavra, destacando cada sílaba, ele parecia guardar na boca queimada uma papa de palavras. Contudo, o extraordinário contágio de sua amante fazia seu cérebro arder com uma espécie de lucidez feroz.

– O que a impede de ir lá ver você mesma? Você conhece o caminho?

– Isso me diz respeito, respondeu ela um pouco irrefletidamente, porque a aspereza do ataque a tinha pego desprevenida.

– Isso me diz respeito, também, grunhiu ele. Claro que o caminho está aberto a todo mundo, mas, minha cara, esse tipo de peregrinação ou você faz a dois ou simplesmente não faz. As lembranças de infância, continuou ele com ênfase, e visivelmente satisfeito com suas palavras, são o que ela considera... sagrado. Você abriu a fechadura com a chave errada, foi isso!

Ele pensou por alguns segundos, com a gravidade de um bêbado.

– Aliás, eu me pergunto, do que você consegue gostar em mim? O que é que eu sou para você? Será que você acha que sou capaz de um grande amor, de coisas grandiosas, com maiúsculas? Não? E então? Ah!

eu me conheço bem, eu não tenho nenhuma ilusão a meu respeito..Na melhor das hipóteses, sirvo para ser criado de uma piedosa milionária, se tanto! Porque nunca vou conseguir fazer naturalmente o papel de gigolô. Aliás, papel nenhum! É muito natural para mim não ter vontade. E você não vai me fazer crer que uma mulher superior como você, que depois de dez anos poderia ter escolhido qualquer um – imagino que não tenham faltado oportunidades – me esperaria por dez anos... Que piada!

– Cale-se, disse ela, e seu olhar se animou subitamente. Não peço a você que compreenda. Me dê a garrafa de uísque (ela a tomou brutalmente de suas mãos). É verdade que, por dez anos, eu me julguei uma mulher superior. Vou enfrentar, eu me dizia. Mas enfrentar? Vou vencer a vida! Mas ela já tinha sido bem aplainada. A vida, nivelada como um terreno de manobra! Nivelada como um pátio de caserna. Nivelada como uma plataforma. Mesmo assim, dez anos eu aguentei. O que você tem a me dizer sobre desprezo? O desprezo não faz mais sentido para mim do que faz para você, e menos ainda porque minha experiência é mais profunda. Se existiu uma criatura neste mundo que eu creio ter desprezado, foi Alfieri. Fiquei confinada dentro do desprezo, é isso que eu devo admitir. Dediquei-me a desprezá-lo como uma devota do pecado. Sim, por dez anos tentei entender o que eu amava nele, era exatamente isso que eu queria encontrar, como se ele tivesse escondido. Mas ele não tinha me escondido nada. Ninguém conseguia mentir melhor do que ele, isso é verdade, só que as mentiras dele não me enganavam, e ele sabia disso. O veneno para mim não tinha força, era como beber água. E você...

– Entendi, disse Mainville, com uma risada demoníaca. Se você tivesse me conhecido...

– Escute, disse ela, somos dois infelizes, eu e você. Não somos deste mundo. Não peço que você me ame. Mas o que me liga a você é ainda mais forte do que o amor. (Ela tirou um cigarro de sua cigarreira e acendeu-o, enquanto cada um de seus gestos denunciava um imenso esforço para permanecer calma.) Antes de te conhecer, eu não sentia mais que estava viva. Não se sentir viva é a única coisa que me entristece! E isso não tinha remédio, porque não sou dessas que se matam! Ah! Não vou impedir que os tolos digam que eu te amo com amor, no sentido que eles dão a essa palavra. Enfim! Fique sabendo: jamais amei alguém com amor. Nem meu coração, nem meus sentidos, nenhuma força do mundo vai me arrancar de mim mesma e vai fazer de mim o objeto de alguém, feliz e realizada. Quantas mulheres são como eu! Quantas mulheres nunca se entregariam a ninguém! E, com certeza, eu não pediria a homem nenhum que me revelasse esse segredo, a nenhum desses homens de quem você falava há pouco, um desses homens fortes que me provocam ao mesmo tempo horror e piedade. Ah! minha solidão não me dá medo, ela me dá vergonha. Ela me dá vergonha porque eu não a quis, eu tenho com uma frequência maior do que eu gostaria a impressão de suportá-la. Suportar! Detesto essa palavra. Provar para mim, provar para mim uma vez mais, de uma vez por todas, que o coração pode calar-se, que os sentidos podem silenciar-se, e eu poderia realizar, no próprio silêncio da alma, apenas pela minha vontade, aquilo que outras, que chamamos de mulheres perdidas, que eram apenas criaturas amorosas, realizaram na exaltação e na loucura! Do que você está rindo?

Olivier, na verdade, não ria. Como em toda vez que um instinto secreto lhe despertava a desconfiança, seu belo rosto tinha assumido aquela expressão felina que acentuava ainda mais a mobilidade extrema de seus traços. Ele tinha o ar de um gato que espreita na beira de um rio um peixe ainda invisível em meio à água e que tem medo de molhar as patas.

– Não estou rindo, disse ele. Em suma, você quer amar assim como Philippe se matou, do mesmo jeito e pela mesma razão. Que criaturas estranhas, vocês!

– Talvez, disse ela, pensativa.

– No fundo, é isso que antigamente você teria chamado de pecados do espírito. Não há perdão para esses pecados, minha querida. Pecados claros, pecados angelicais... Na sua vida, eu não sou nada além de uma ocasião, de um pretexto.

– Pior ainda, disse ela. Ah! esses pecados absorvem tudo.

– Literatura, disse ele, rindo dessa vez amargamente. Nunca saímos da literatura.

As bochechas da senhora Alfieri se afundaram a tal ponto que as duas manchas de sombra, perturbando o equilíbrio do rosto, formaram algo como uma máscara funeral.

– Chega! – disse ela (com as mãos tremendo). Eu já fui aquilo que você é hoje. Sim, meu amigo, você não tem ideia da garota que fui, e você nunca vai ter ideia, porque eu era semelhante demais a você, eu era a sua própria imagem. Sem dúvida, você teria me detestado. E eu também nunca teria gostado de você. Do que é que eu precisava para isso, tão somente? De dinheiro. Deixe os tolos maldizerem o dinheiro. O dinheiro só devolve aquilo que lhe damos, é a própria mediocridade. Deus queira que não seja tarde demais para você!

Ela bebia em pequenos goles rápidos, como se quisesse apressar sua embriaguez, antes que fosse tarde demais, um segredo guardado e que ela só conseguia segurar mediante um esforço assustador.

– Os únicos anos da minha vida..., continuou ela, com voz rouca. Você não imagina, aquela correria pelo mundo, aquelas manhãs e aquelas noites, aqueles sóis, aqueles palácios tremendo na água azul, e aqueles cheiros... Ah! Conheço bem. Os tolos sonham com grandes viagens solitárias. Eles não conseguem entender nada dessa descoberta exuberante, projetada de oceano em oceano. Pomposos imbecis! Mas esses mesmos loucos, essas mesmas loucas que você acha tão ridículas no Ritz...

Ela voltou a beber, como se fosse decididamente incapaz de dividir com quem quer que fosse a lembrança daquelas horas triunfais, vagamente consciente de que seu segredo se tinha perdido, ou que não estava nela mais vivo do que as cinzas daquilo que havia sido o arrebatamento da jovem normalista provinciana, subitamente transformada em condessa e logo arrastada por um aventureiro na vertigem de uma vaidade realizada, altos e inflamados delírios de orgulho que devoraram sua vida. Uma palavra a mais e ela se trairia completamente, diante do cúmplice de pé à sua frente e que a embriaguez parecia imobilizar pouco a pouco, petrificando numa confusão quase estúpida de orgulho e raiva cega. E, de repente, ela viu brilhar na sombra seus dentes descobertos até as gengivas.

– Chega, gaguejou ele, chega de tudo, chega de você. Vou me matar.

– Por quê? – disse ela, fazendo um esforço imenso para sorrir. Por que razão, meu amor?

– Por nada.

As lágrimas jorraram imediatamente sobre suas bochechas, e a assustadora angústia de seus olhos, de sua boca e de sua testa imediatamente coberta de rugas era daquelas que desconcertam a piedade, e provocam um medo obscuro, uma repulsa obscura.

– Vou te dizer uma coisa idiota que você não vai entender. Não me amo mais. Não consigo viver sem me amar. Desde que não me amo mais... Isso é culpa sua. Eu detesto você, eu odeio você.

– Você está contando vantagem, disse ela com uma simplicidade trágica. Tente mesmo assim. Me odeie. O ódio não é grande coisa, mas pelo menos é melhor que nada. Deus queira que ele te ajude a viver! Por que você se permite falar desse jeito, meu amor? Que jogo atroz!

– Não há jogo nenhum, disse ele. Eu nasci assim, em pedacinhos, em pó. Para me ver, seria preciso um olho multifacetado, como o das moscas. E toda a minha geração se parece comigo.

– Sua geração? Você costuma ficar horrorizado com essa palavra.

– Tenho horror porque...

Os belos olhos insidiosos pareciam ainda mais longos do que de costume, e as duas manchas de sombra das têmporas tinham o mesmo cinza azulado, levemente escurecido.

— Quanto a todos nós, é verdade que não somos aquilo que antigamente chamavam de uma geração – que barafunda! Ah! se eu tivesse coragem de me matar!

Ela evitava olhá-lo, fingindo não ouvi-lo. Nesses momentos de crise, ela sabia que uma palavra de compaixão teria bastado para tirar dele a criança frágil, para libertar com um só golpe as imagens simultaneamente pueris e ferozes contra as quais ele era impotente – seus demônios. Ela apenas disse, em voz baixa, sem virar a cabeça, com a testa apoiada contra a vidraça:

— Vou te salvar. Só me dê tempo.

Mas a graciosa cabeça, agora, balançava de um ombro a outro, lentamente, pesadamente, com um gesto grosseiro, tão plebeu, de um estivador que tenta relaxar suas costas doloridas. Com um aperto dos lábios, ele repeliu o cigarro, deixando-o cair a seus pés, em cima do mármore da lareira.

— Chega disso! – disse ele. Ah, como eu queria que você tivesse nos ouvido, a mim e a Philippe – dois cabotinos, é isso que nós éramos. Com nossa aparência de quem já tinha voltado de tudo, sequer tínhamos partido. Nós nunca fomos a lugar algum. Philippe ao menos tinha sua célula comunista, em algum lugar, lá em Vincennes, ele brincava de revolucionário de pulseira de ouro e lencinho de seda. A revoluçãozinha dele! Quando, numa noite, ele se vestiu todo com calça militar e jérsei de lã, não aguentou mais, e fugiu para o Hammam para um banho turco. E eu...

— Cale-se. Por que se humilhar?

— Porque é outra maneira de me matar. Faz menos mal, mas infelizmente não é definitiva.

— Então chore, disse ela. Chore, como sempre. É tão mais simples.

— Não consigo mais. Me dê a...

— Não! Só uma pitada. Nada além de uma pitadinha?

— Nem um miligrama! Deixa eu tomar seu pulso... Olha... Está vendo: intermitências. Dia desses, seu coração vai embora...

Ela conhecia o poder dessa ameaça, que só raramente tinha a ousadia de usar, mas, desta vez, foi tarde demais. Bastou que o terror da morte passasse pelos olhos acinzentados e, também, uma sombra, e as pupilas ficaram perigosamente escurecidas.

– Uma razão a mais. Estou três quartos morto. A mãe morta aos trinta e cinco anos, o pai morto por intoxicação – você tem ideia? Eles nos deram a lamparina, mas nós nem sequer nos demos ao trabalho de colocar o óleo nela, os...

– Olivier?

Ela não conseguia mais dar voltas naquela angústia. Com os dois braços, cerrou o fragilíssimo busto sob o fino paletó de *tweed*.

– Não vou perder você, disse ela com a voz mais dura. Vou te salvar. Depois, que importa! Vou te salvar, não te proteger. Tudo o que eu quis, eu consegui. Eu só quis de verdade pouquíssimas coisas. Se você não tivesse entrado na minha vida, eu a teria dado por nada – o sonho me teria bastado – todos os sonhos! Ora! Devemos guardar para nós mesmos, só para nós mesmos, esse mundo interior tão rico? Você não vai partilhá-lo comigo? E porque uma velha avarenta, no fundo de uma velha casa sórdida...

– Sonhos, disse ele. Para que servem os sonhos? Vocês nos envenenaram com os seus sonhos. Será que vocês não podiam nos deixar tranquilamente aproveitar nossos corpos, sem escrúpulos, sem remorsos? Nós não pedíamos nada além disso! Ora! O primeiro olhar consciente que lançamos ao mundo nos revelou as pilhas de ossos, as imundas pilhas de ossos que a guerra deles tinha acabado de empilhar, e eles queriam que nós pensássemos em outra coisa além de aproveitar nossa juventude! Na escola, liam para nós as lembranças dos soldados – bah! –, histórias de metralhadoras que soltam rajadas de balas, de minas que matam quinhentos homens de uma vez só, de montes de vísceras pendendo das árvores. Que nojo! À noite, quando pensamos nisso, com que solicitude, com que ternura acariciamos esses queridos corpos ameaçados, tão frios, tão lisos! Nós nos dizíamos: depois disso, o mundo vai tentar esquecer, o mundo vai aproveitar. E, caramba, num mundo decidido a esquecer, a aproveitar, nós seríamos reis. Nossa juventude nos tornava reis. Ah! Pois sim! – Que piada! Como é bonito o seu gozo! De longe, talvez ele ainda cause algum efeito, mas, de perto! É horrível, essa gente toda se esforçando para desobedecer aos mandamentos de Deus. De um Deus em quem eles nem creem mais. Porque, por mais que tentem ser canalhas com naturalidade, se entupir de drogas, de remédios, parece que o vício exaspera, e não apazigua, o velho sangue cristão que corre em suas veias. Os mais cínicos têm cara de maus padres. Ah! Eles bem podem pavonear-se entre si: parece que o prazer não chega às suas vísceras, eles suam-no imediatamente por todos os poros, como as carpas que fazemos engolir vinagre. E você! Você mesma!

Por um segundo, ele tentou fixar o olhar de sua amante, em vão.

– Vocês se odeiam todos, gritou ele com uma voz abafada, pueril. Amar, na língua de vocês, quer dizer "me ajude a sofrer, sofra por mim, vamos sofrer juntos". Vocês odeiam o próprio prazer. Sim, vocês odeiam seus corpos com um ódio insidioso e amargo. Vocês os odeiam desde a infância – só um ódio infantil tem esse caráter de ferocidade confusa e ingênua, esse riso forçado cruel. O corpo de vocês é a rãzinha que o garoto pega com alfinetes, é o besouro preso, é o gato errante. É pior ainda. Porque, afinal, o destino comum da rã, do besouro, do gato errante, do sapo, é ser torturado – e eles o são por pura extravagância, ao passo que o fim natural dos corpos é o prazer, e nosso fanatismo faz desse prazer uma espécie de tortura. "Quer prazer, então, toma, seu animal sujo. Goze ou morra." Ora, ora! O cristianismo está bem dentro das suas medulas, e sua famosa desmoralização do pós-guerra, você sabe o que ela fez? Ela restaurou a noção de pecado. A noção de pecado sem a graça, seus imbecis! Vocês desprezam o seu corpo porque ele é instrumento do pecado. Vocês têm medo dele e, ao mesmo tempo, o desejam como uma coisa estrangeira, cuja posse vocês discretamente desejam. Afinal, vocês não possuem os seus corpos, ou vocês acham que só os possuem em raros minutos, quando, após ter esgotado todos os recursos da sua horrível lucidez, vocês parecem deitar-se lado a lado, como dois animais selvagens. Se o diabo existisse, eu me pergunto o que ele poderia ter inventado de melhor – que ironia mais infernal! E, agora, veja que eu mesmo estou envenenado. Ganse, aquele idiota! "O homem superior é um ser sacrificial." Você é quem diz! "Vocês não sabem o que é o tédio, vocês negaram a si mesmos de um jeito indolor." – Que besteira! Meu cinismo! Ele é adequado, o meu cinismo. Ah! Isso não durou muito tempo... Nós zumbimos ao sol por cinco minutos, e caímos dentro da moral de vocês como uma mosca numa tigela de creme. Você pode até dizer que vai sair quando quiser. Eu não tenho vocação para a desobediência. E, quanto a me livrar da servidão social, como antigamente nos livrávamos do serviço militar, você mesma admite que isso custaria muito, e eu não tenho os meios. Sei bem que, a rigor, talvez eu fosse capaz de me libertar com uma tacada só, pelo suicídio ou pelo crime. E, veja, palavra de honra, acho que eu quase teria tido coragem de arrebentar aquele velho canalha do Ganse.

– Para quê? Que louco você é!

– Exatamente: para quê? Até porque ele teria acabado comigo primeiro. Afinal, nós estragamos isso também, assim como o resto. Em Saint-Tropez ou em Juan-les-Pins, parecemos atletas, conhecemos cada um de nossos músculos por seu nomezinho; e, agora há pouco, tive a impressão de que aquele enorme sujeito iria, com um golpe nas minhas costas, me atirar janela afora.

Ela lhe virou as costas, chegando à extremidade do aposento em passos lentos e pouco seguros. Um de seus braços abertos parecia curiosamente desenhar no vazio um ser imaginário – ou talvez um pensamento ainda confuso, que ela hesitava em exprimir –, alguma imagem secreta que sua prudência não retinha mais dentro dela mesma.

– Querido, disse ela, vamos.
– Aonde?
– Para bem longe... Mas fique tranquilo, não vamos partir juntos, não vou te raptar. Já entreguei a Ganse minha demissão, já vendi minhas joias, esvaziei minhas gavetas. Tenho a minha conta no banco, meu querido, pela primeira vez na vida... Em suma, tenho aquilo de que preciso, e eu poderia ir te esperar... Você se arrisca a esperar muito tempo...

Ele estava com aquele sorriso insidioso que ela alternadamente adorava e detestava, seu sorriso das coisas de dinheiro, dizia ela. E, imediatamente, a cólera o tomou de novo, uma cólera misturada com impaciência. Através dos vapores do álcool, ele via novamente a paisagem de caminhos e de árvores, de sombras deslizantes, de sol. E, ainda que as palavras de Simone chegassem até seus ouvidos e evocassem outra partida, outra fuga, a obsessão mais forte era a daquela única saída possível e imediata. Atrás dele, Philippe, com sua pobre cabeça ainda inteira, viva, com seu olhar, seu pobre apelo – e, diante dele, ao fim dessa longa estrada, a salvação e o esquecimento! Ah! Fugir! Ouvir roçar as solas naquele solo firme, luzente e levemente arredondado, como a vereda de uma liberdade colossal! A vibração da caminhada, de uma caminhada sem fim e sem final, sem limite, estava em seus rins, em suas bochechas – e ele se balançava imperceptivelmente, de um quadril a outro, com um olhar de quem espreita...

– Ah, ninguém vai me obrigar a partir, disse ele grosseiramente. Vou partir para sempre, e isso não vai demorar. E me pergunto por que esperei tanto tempo, isso é bem idiota. O que é que me segura? O que impede tantos infelizes como eu de fazer a mala e ir embora, e de seguir em frente, de cidade em cidade, sem nunca parar, um, dois, um, dois... vagabundos, caminhantes. Quando eu era pequeno, acordava de noite com essa fome de ir embora, de sair, mas sobretudo de chegar a cidades desconhecidas. Pense só, uma cidade que atravessamos de noite, e de repente você passa pela última casa e volta para o silêncio, como que para o vazio. É como uma queda, um homem que deixasse de estar preso à terra e caísse no céu, fechando os olhos, com os braços em cruz. Aos quinze anos, fui andando, numa noite, quase até Tours, e acordei perto de um bosque, em pleno meio-dia. Acordei, aquilo que se chama de acordar. O sol quase bem em cima da minha cabeça. Deus! Achei que eu ia derreter debaixo daquela luz. E que cansaço! O cansaço de um deus que acaba de criar o mundo! Contei isso um dia a Lipotte. Ele me disse: "Cuidado, isso são besteiras que não fazemos mais na sua idade, ou então...". Não estou nem aí!

— Eu sei, disse ela, gravemente, mas, com o começo da embriaguez, que seu rosto não transparecia minimamente, tinha aumentado sua desconfiança, e, das palavras que Mainville deixava escapar, ela só retinha o pressentimento de um infortúnio que não conseguia distinguir totalmente de sua própria obsessão.

Seu olhar traiu o esforço que ele fez mais uma vez para calar-se, mas ela não conseguiu segurar um grito de angústia, um grito estranho, cujo sentido ele só compreenderia mais tarde.

— Eu vou te esperar, disse ela. Ora! Você não vai ser rico um dia, talvez logo? Eu li na sua mão que você logo vai ser rico, lembre-se disso. Entre a riqueza e você, o que é que há? Nada. Ou quase nada. Uma velha já morta, um cadaverzinho, tão leve quanto uma boneca de pano... E não vou dizer onde vou te esperar. Quando chegar o dia, que eu já previ o que vai ser necessário, você vai encontrar uma carta, ah! uma palavra, uma simples palavra, vinda de um pouco longe, não muito – veja, por exemplo, Cairo, ou Porto Said... Você não tem ideia do que vai ser... Vou dizer: "Você está livre. Venha!" E você virá!

— Isso, por exemplo!

— Você virá, meu amigo. Eu sei que você virá, nem que seja por curiosidade, para saber. Você virá, porque nenhuma criatura neste mundo jamais vai ficar esperando você. Porque você vai estar sozinho. Porque essa será uma experiência a se tentar, simplesmente, e porque você vai dizer, numa noite como essa, em que você estiver esgotado: "Dane-se, sempre se pode tentar". Você vai tentar. Ria o quanto quiser, há meses que observo você, mesmo já tendo te conhecido desde o primeiro olhar. E se você não vier, terei ao menos me arriscado de uma maneira digna de mim. E se você demorar demais... quando chegar a hora...

Ela tentou pegar um cigarro, mas seus dedos tremiam tanto que ela os espalhou todos pelo chão, e nem sequer os recolheu. Ficou imóvel, com a cigarreira vazia na mão.

– Eu teria te perdido, que seja! Mas, mesmo assim, morta ou viva, cada instante da sua vida vai me pertencer, afinal...

Ela começou a rir. Era um riso abafado, que parecia sair do fundo de seu peito, e que ela não conseguia segurar, mesmo que a embriaguez continuasse a imprimir em todos os seus traços a mesma austeridade sinistra.

– Daqui até lá, disse ele... Oh! Sim, você está contando com a endocardite da velha senhora, você já me vê rico como um deus. Uma quimera! Note bem o que eu digo: antes que quinze dias se passem, a herança vai ter fugido por debaixo do meu nariz... Pois é, minha querida! Sem um tostão e, ainda por cima, amaldiçoado pela velha senhora!

Ela não tentou nem mesmo segurá-lo, e a última visão que ele teve foi a de um rosto refletido pela vidraça tenebrosa na qual batia a chuva.

IX

Novamente, ele estava na calçada, na bruma delicada de uma noite de inverno. O furor que ele contivera com tanta dificuldade dissipou-se subitamente, como uma fumaça. Que silêncio dentro de seu peito! A rua também parecia vazia. Apesar do ronco dos motores, do brilho das carrocerias, o pavimento escuro em meio às vitrines ofuscantes era, diante de seus olhos, algo como uma paisagem de folhagem e de água corrente, atraindo-o como um rio. Para onde correria a longa estrada brilhante, para qual fabuloso horizonte? Ele a prolongava pelo pensamento muito além, muito longe, muito mais longe, até aquelas estradinhas tão claras, de colina em colina, vibrando sob a lua gentil. Ele via aquela brancura subir aos céus, perder-se, descer de volta, dez vezes enrolando-se e desenrolando-se e sumindo novamente, até subitamente fugir e correr ao encontro da aurora. Ele respirava a plenos pulmões o ar úmido, ele ouvia o som de seus passos – um! dois! –, a antiga vida tinha ficado para trás, bem longe, apagada pouco a pouco, a coxeadas, por um manco caminhar. Logo ela não existirá mais. Para que servem esses acessos pueris de raiva, essas mentiras, esses ardis? A questão é só fugir, colocar espaço entre ela e nós, virar as costas. A fadiga bem-aventurada, o divino nada sobe pelos joelhos pesados, pelo estômago, pelo peito, pela garganta, e apaga lentamente o pensamento – um! dois! um! dois! – num ritmo constante, até que o chão parece, pouco a pouco, amolecer embaixo das solas e ondula, em grandes vagas, lentas e longas, que suprimem a noção de gravidade, lançando o caminhante para frente, como uma boia.

A alucinação foi tão forte que conseguiu abolir por um momento até o bizarro estado de semiconsciência, graças ao qual ele tinha até aquele momento, evitado todos os obstáculos com uma precisão maquinal. O enorme bocejo de um ônibus bruscamente freado a dois passos dele perturbou dolorosamente seus nervos. Ele chegou à calçada em meio aos gritos dos motoristas, cambaleando. Sua impressão agora era a de uma queda vertical, miraculosamente interrompida. Será que ela voltaria? A longa rua reta, cujo nome, aliás ele desconhecia, ainda o chamava, com toda a sua profundidade vertiginosa. Ele foi obrigado a fechar os olhos por um momento, apoiando as mãos contra uma fachada. "Vai vomitar?", gritou um moleque de rosto pálido e minúsculo, que mais parecia um boneco de pesadelo. Só então ele percebeu que estava sem casaco, ridículo em seu paletó claro, encharcado de chuva.

"Sou burro demais, ele repetia para si, com raiva, quinze minutos depois, no fundo de um pequeno café. Se Philippe tivesse morrido em Romorantin, imagino que a notícia não tivesse me transtornado nem um pouco. No fundo, não tínhamos nada em comum, e fazia pouco que eu o conhecia. É verdade que ele se matou na minha frente, diante dos meus olhos. O que me impede, agora, de esquecer esse detalhe de uma vez por todas? No mais, eu rompi com Ganse, não vou mais colocar os pés na rua Verneuil, por que não enxergar tudo isso como um sonho ruim?"

Esse sonho ruim, imprudentemente evocado, de súbito aflorou das profundezas de sua memória, e a visão foi tão límpida que ele fechou os olhos e sacudiu convulsivamente a cabeça, como se estivesse querendo escapar de um enxame de vespas zumbindo em volta de seu rosto. Ele parecia estar à deriva, com as mãos crispadas à mesa de mármore, como se fosse a amurada de um barco sacudido pela onda. Cada um de seus músculos delineava os gestos de quem está fugindo. Então, a alucinação se desfez pouco a pouco, as imagens distintas recuaram novamente para o fundo da consciência, e o pequeno café, o salão de teto baixo e a porta de vidro fosco retomaram seu lugar, reerguendo as muralhas que o defendiam dos fantasmas.

"Por que, aliás, eu fiz essa cena com Simone? O que foi que ela me disse? A ideia de ir embora não tem nada de mais, ou nem é tão ruim. Em vez de esperar tranquilamente que a maldita velha senhora me deserde, seria melhor tentar montar algum esquema com ela. Se não há mais nada a perder, talvez eu pudesse me entender com ela, assinar novas letras. O que é que vou temer? Nunca a velha senhora vai permitir que a Justiça vá meter o nariz nas suas coisas. Com cem mil francos é possível ir longe."

Como de hábito, ele não conseguia explicar por qual ridícula fatalidade cada encontro com a senhora Alfieri assumia esse caráter de disputa amarga, concluindo-se em zombarias ou em xingamentos. Afinal, desde que ele havia transposto a soleira de seu minúsculo apartamento, esse edifício de contradições caía por si próprio, e ele nem sequer se lembrava das razões, sempre fúteis, que haviam inflamado sua cólera. Ele a amava? Na verdade, ele não a desejava, no sentido que geralmente se dá ao termo, mas, mesmo assim, o sentido que esse termo tinha para ele era obscuro. O sentido de posse, que lisonjeava sua vaidade, não lhe parecia mais claro, não comovia sua virilidade, aliás escassa, rapidamente adormecida pelas carícias. Sem que ele admitisse, da volúpia ele não conhecia muito mais do que a abordagem dissimulada, e seus nervos fracos esquivavam-se no último instante, antes sujeitando-se ao espasmo do que o experimentando, como se fosse uma ferida do ser inteiro, um dilaceramento quase intolerável que, longe de transtornar-lhe o pensamento, subia das entranhas ao cérebro, onde parecia fazer surgir, numa espécie de delírio lúcido, um ofuscante feixe de luz congelada. Não, ele não a amava, e ele provavelmente não amaria nunca, porque ninguém o faria esquecer das primeiras repugnâncias físicas da infância, que teriam bastado para fazer dele essa criatura tão profundamente feminina. Ele parecia ofender-se com a obscenidade do abraço, ao mesmo tempo que lhe repugnava, acima de tudo, a violência, da qual ele só guardava o humilhante abandono de si, porque o egoísmo é, sem dúvida, um pecado da carne e um triunfo secreto do mundo carnal. Mas a paciência e a sagacidade de Simone foram mais fortes que suas repulsas. Ela o manteve naquela atmosfera que ele ama mais que tudo, a única que convém à sua natureza, e que é quase a de uma amizade equívoca, com um não sei quê de doçura, de discreta proteção maternal. Mês a mês, dia a dia, a vontade abatida sentiu-se como que aniquilada, e aproxima-se a hora em que, apesar de todas as suas cóleras impotentes, o hábito terá tecido sua teia em volta dele. Ele a ama da melhor maneira de que é capaz, e ele a amará por muito tempo, talvez para sempre – afinal, alguma outra além dela saberia retomar esse trabalho de fiandeira, delicado e interminável?

"Eu vou te esperar", ela tinha dito. Com certeza, ela vai esperá-lo. Sua vontade já desiste de antemão, e em cada minuto que lhe sobra sua amiga está imaginando algum plano cujo sucesso é certo. Ele sai do banquinho e vai para perto do fogão, aproximando suas calças à grelha faiscante, para aquecê-las.

Por cima da divisória de vidro, um pivete inclinado no balcão o observava curiosamente, com um olhar que brilhava com uma ingenuidade pungente e insondável, uma espécie de inocência horrível.

– Venha aqui, gritou Mainville, como que contra a própria vontade. Venha aqui tomar um trago.

Um novo pressentimento, tão absurdo quanto o outro, acabava de lhe pegar pela garganta – a certeza de que algum encontro futuro, inevitável, de uma tenebrosa cumplicidade... Felizmente, o desconhecido, sem dúvida instruído por uma longa experiência do risco de certas simpatias fortuitas, saiu pela porta e desapareceu.

A noite tinha acabado num pesadelo, sob a chuva imensa, infinita. Por que bairros misteriosos? Por que subúrbios? Ele não havia seguido caminho nenhum, evitando, apenas por instinto, as esquinas, as encruzilhadas, tentado por essas grandes linhas retas que parecem ter o dever de nunca cessar. Quando ouvia alguém andando atrás dele, por motivo nenhum virava o rosto ou apressava seu passo, esperando, com o coração apertado, que o companheiro se cansasse. E, quando o silêncio retornava, uma espécie de alegria profunda, de segurança, de paz sobre-humana, lhe dava por um instante a certeza de que ele tinha ultrapassado o limite de suas forças – ao menos dessas forças rudes, comuns a todos e tão rapidamente exauridas, que seu delicioso esgotamento não teria mais fim. Às vezes, a lembrança de relatos lidos no passado, de viajantes perdidos que andam em círculos, despertava-lhe de novo a desconfiança, e ele se surpreendia por ainda ver, à direita e à esquerda, monótonos cubos de pedra encharcados de água, as calçadas desertas onde, às vezes, dança um luar vindo não sei de onde. Ele se lembrou de ter ido parar inesperadamente em uma estrada, uma verdadeira estrada, cercada de árvores nanicas, doentias, malsãs, das quais escorria gota a gota uma água escura. Depois, ele penetrou de novo num caos de asfalto e de cimento, e voltou a ver estranhos táxis saindo inesperadamente de trevas profundas, cujos pneus claros ele acompanhava longamente com os olhos, pelo reflexo nas poças. A estranheza – ou melhor, a demência – de seu curso errante, sem propósito, ainda não lhe era clara, ou ao menos ele se recusava obstinadamente a pensar nela. Depois! Depois! E, antes, seria preciso que aquela noite acabasse, supondo que fosse acabar em algum momento. Por ora, ele tinha apenas de andar, colocando regularmente, um após o outro, sobre o chão, seus pés, cujo peso ele não sentia mais. Suas pernas estavam congeladas até os joelhos – exatamente como após uma pitada muito forte de cocaína – e também lhe parecia que aquele frio subia insidiosamente, enquanto ele ouvia o som da lama em suas solas encharcadas e fracas... Quando o frio chegasse ao peito, ele poderia parar e refletir... Até lá...

Por exemplo, a imagem da senhora Alfieri continuava a flutuar em sua cabeça vazia, confundindo-se com a lembrança e com o desejo do delicioso veneno que ela lhe tinha ensinado a usar. Em torno desse ponto fixo, seus pensamentos conseguiam formar-se, mesmo se ainda estivessem vagos e inconsistentes – como um vapor d'água que se condensa, uma fumaça. Maldita carta! Como ele pôde ter sido tão idiota? Ou por qual sortilégio ela foi parar bem em cima da pilha de folhas datilografadas do velho Ganse? Ai! Ele a havia concluído na euforia de uma última pitada e, em momentos como aqueles, a mais mínima previsão do futuro é um esforço doloroso demais, intolerável. Será, talvez, que ele realmente percebeu? Será, talvez, que o gosto de um risco obscuro, um ressentimento secreto contra si mesmo, o desejo de ser pego, de armar uma armadilha para si? Mas isso não explicava, de jeito nenhum, que a discussão com Ganse tivesse se encerrado subitamente, nem que o tivesse perturbado a esse ponto. Isso também não justificava o brusco acesso de raiva diante da senhora Alfieri, e menos ainda aquela súbita fuga para as trevas. Sem dúvida era preciso voltar mais, muito mais, e chegar a certas tentações da infância, sobre as quais ele só conseguiu triunfar graças ao acaso – mas cuja ferida ainda estava presente, em algum lugar, em algum recesso da mente. Duas vezes ele tinha fugido da escola e, às vezes, ainda lhe voltava a lembrança da larga estrada banhada de sol que ele tinha seguido por léguas e léguas. Ele tinha sido encontrado aos pés de uma mó, exausto, vencido pelo sono, um sono escuro, sem sonhos, que durou um dia e uma noite – pelo menos foi o que o médico de Grenoble supôs. Sua corrida alucinante tinha-o levado, por instinto, à velha casa cinza no fundo do vale cujo frescor não lhe saía da cabeça... Meu Deus, seria possível que depois de tantos anos?... Ele ainda lembrava que o quarto do hospital era todo branco e estava sempre escuro... O tio ainda era vivo naquela época. Ele conseguia ouvi-lo discutindo em voz baixa com o médico, e uma palavra reaparecia sem cessar entre os dois, uma palavra que lhe parecia maravilhosa – a palavra "fuga". E ele se lembrava também do rosto sério do velho oficial da marinha se esforçando, alguns dias depois, para convencê-lo: "Seu pai tinha problemas nos nervos, muitos problemas. Na sua idade, esse acidente não tem importância: basta que você se cuide. Tudo vai se arranjar perto dos quinze anos. Daqui até lá, resista à tentação. Quando ela vier, tente pensar em outra coisa. E, se faltar energia, não hesite em confiar-se ao primeiro professor que aparecer, que ele fará o necessário. No mais, é inútil tentar fugir: você vai ser vigiado dia e noite".

Depois de muito tempo – de horas – ele não ouvia mais o som de seus sapatos contra a estrada, e, para sua grande surpresa, começou a distinguir o céu acima de si – um céu baixo, de uma cor amarelada, nauseabunda. Um vento fresco vinha das profundezas já claras, dos campos monótonos, cobertos de cascas de beterrabas a perder de vista. O odor da aurora precedia a própria aurora.

Para reaquecer-se, ele correu por um ou dois quilômetros, e depois andou rápido. Seu paletó fumegava nas costas. Um modesto estabelecimento, com bomba de gasolina, cerca de tábuas e de treliça, um carro velho sob o toldo, apareceu numa esquina – miraculosamente só naquele horizonte plano e triste. Antes de entrar, Mainville tirou a lama dos sapatos, refez o nó da gravata e preparou uma história plausível. E, ademais, a partir de certo grau de excitação nervosa, ele sempre sentia, quase dolorosamente, uma necessidade, uma espécie de fome da mentira.

O dono do estabelecimento ouviu distraidamente a história complicada do carro escangalhado, que uma providencial camionete tinha rebocado até a oficina ao lado, e que viria buscá-la durante a manhã. A cliente, menos taciturna, explicava que teria sido mais sábio avisar por telefone algum dos postos rodoviários de Dourdan. Assim ele descobriu que tinha andado quase trinta e cinco quilômetros. Só então ele sentiu a fadiga, não em seus músculos, mas na medula. Foi como o incandescer de uma luz excessivamente viva, cegante, intolerável, que havia desnudado cada um de seus nervos. A angústia foi tão imediata que o colocou em pé em um piscar de olhos, literalmente jogando-o para fora. Ele deixou um punhado de moedas sobre a mesa e retomou sua marcha, só parando na entrada da cidade. Era um dia cinza de fim de outono, cheio de neblina. Da rua lavada pela chuva, ainda úmida, vinha um cheiro tão fresco que lhe recordou o aroma da neve no mato asfaltado do alto das montanhas. E, imediatamente, a imagem da casa cinza deixou de vagar em seu pensamento, desenhando-se com uma clareza extraordinária, e depois pareceu multiplicar-se, como se estivesse entre dois espelhos. Não importando o que ele dissesse para fugir dessa obsessão, a fachada de Souville, com as portadas fechadas, sempre acabava reaparecendo à sua frente, quando sua vontade se fragilizava, numa espécie de imobilidade sinistra.

Mesmo assim, parecia que o amanhecer havia colocado um fim em seu pesadelo. Pelo menos, ele tinha ficado feliz porque, a partir daquele momento, sentia-se livre para continuar ou não a singular aventura em que havia sido lançado como que sem perceber. O único indício que quase despertou sua desconfiança foi o movimento de revolta que bruscamente despertou a ideia de voltar, no momento em que lhe veio a ideia de ir pegar em casa os objetos necessários para uma longa caminhada. Mas ele se tranquilizou com um raciocínio simplista: a cada vez que saía de férias era torturado até o último instante pelo medo de que algum incidente fortuito – uma visita, uma carta, um mal-estar – fosse retê-lo em casa. Para que correr o risco de permitir que lá se renovassem os laços que ele havia rompido com um só golpe, e quase sem nem pensar nisso? Reconfortado por um farto café da manhã, pediu um quarto de hotel, deitou-se na cama e afundou instantaneamente num sono sem sonhos.

Ele só foi se levantar à noite, e imediatamente lhe voltou, com uma força ainda maior, irresistível, a obsessão da estrada tenebrosa, exatamente como ele a tinha conhecido durante a noite anterior.

O odor das calçadas úmidas, o vento sempre saturado de chuva, as luzes bruxuleantes deixaram-no tão exaltado que, num movimento inicial de defesa, ele fechou a janela e as cortinas. Em vão. Enquanto isso, ele discutia consigo mesmo, propunha-se pagar a conta adiantado e ficar pronto. A ele parecia que, tendo a liberdade de partir a qualquer momento, a tentação seria menos forte. Pelo contrário, ela redobrou. Então, ele se permitiu descer quase até a porta da rua e colocou discretamente sua leve bagagem sobre uma banqueta na entrada. Talvez por quinze minutos, ele observou os raros passantes, as massas confusas do céu invernal, e, voltando-se, viu que o olhar da caixa estava fixado nele. Ele não se deteve mais: pediu a conta e saiu.

SEGUNDA PARTE

X

— Mais uma que não sabe para onde vai, cinco minutos antes de pegar o trem!

O subchefe colocou rapidamente a cabeça para fora do guichê, mas tudo que ele viu foram as costas enormes de um viajante que apoiava os ombros contra a divisória.

— Ela te interessa tanto assim? – observou a bela bilheteira com um ar de amargura. Bah! Trinta anos pelo menos. E que rugas! Claro que você lhe deu vinte.

Sem responder, o subchefe foi até a porta e voltou ao guichê com os ombros erguidos, desencorajado.

— Eu teria dado vinte francos para revê-la, disse ele. Eu chego a me perguntar como foi que não a vi partir agora há pouco. Eu fiquei observando-a o tempo todo. Senhorita Barnoux, cuide dos passageiros, que a senhora Orillane vai fechar seu guichê um instante.

Ele aproximou sua cabeça de cabelos louros talvez um pouco mais do que o necessário.

— Vejamos: primeiro ela pediu um bilhete de terceira classe para Briançon, depois um bilhete de segunda para Grenoble. Na verdade, é tudo bem simples. Em Dijon, ela vai tomar o 892, que vai lhe permitir retomar a via principal para La Roche. E Deus sabe se algum dia vamos conseguir descobrir seu verdadeiro destino.

— Isso, por exemplo, replicou a bilheteira estupefata. Escute, senhor Maunourette, eu sei que o senhor é excêntrico, mas não a esse ponto. Ainda nos romances policiais?

— Nunca leio romances policiais, senhora Orilane, isso é coisa que dizem no serviço, de brincadeira, por causa das funções que eu tinha. É que por dois anos eu fiz parte da brigada policial ferroviária, algo de que me orgulho e que me deixa honrado. Não é que sejamos todos ases, claro, mas logo aprendemos a usar os olhos e os ouvidos, não há como querer que seja diferente. E aquela mulher, eu a observei, peço que a senhora creia, era como se eu tivesse a descrição dela na pasta e, ainda, por cima sua fotografia.

— Senhor Maunourette, está gozando da minha cara?

— Oh! Claro que não. Nunca em relação a coisas do serviço. O que é que a senhora quer, o público não tem a menor ideia dos truques da polícia. Quando algum sujeito pensa em fazer alguma coisa ruim, isso aparece no rosto. Veja bem que isso pode não ser suficiente para mandar alguém para a cadeia! Claro. Mas, repito, nós temos nossos truques, e é mais fácil tentar desacreditá-los do que trocá-los por outros.

— Então, na sua opinião, essa viajante...

— Ora! Aquela eu colocaria numa categoria à parte, veja só. O golpe ela ainda não deu, mas vai dar, ela já pensa nele há muito tempo, está tudo certo, combinado nos mínimos detalhes, como se diz. Ah! Isso é só uma suposição minha, veja bem, uma... uma intuição. Uma ideia assim costuma não dar em nada, ela vai embora. Aproveito para dizer que eu não seria tão burro para contar uma historinha dessas ao inspetor-chefe, como você pode pensar. Eu só teria tomado nota ou talvez tivesse entrado no trem para logo descer na estação de La Roche.

— Bem, desse jeito você devia custar caro à administração, senhor Maunourette. Além disso, você está dizendo que a mulher deve ter preparado o golpe há muito tempo. Então, como ela ainda não sabia, no último minuto, o destino que ia tomar?

— Outra coisa que nos ensinam, senhora Ourillane, é o abecê da profissão. De tanto tramar, de tanto prever, as pessoas acabam cometendo erros que não parecem nada, mas são enormes. Sem eles, os que agem sozinhos nunca seriam pegos. Suponha que, antes de ir contar tudo ao inspetor-chefe, eu imagine a conversa palavra por palavra, as perguntas e as respostas, e aí vai haver um momento em que elas não vão mais combinar, e eu vou ficar perdido. Em qualquer trabalho, senhora Orillaine, é preciso deixar espaço para o improviso, para a sorte... meu Deus, ela voltou!

— Senhorita, disse a mesma voz que um instante antes havia absorvido tão intensamente a atenção do antigo inspetor, é possível mudar o destino do bilhete? Ou pelo menos fazer uma parada de vinte e quatro horas em Dijon?

— Mas, madame, começou a bilheteira, que acabara de reabrir seu guichê, a senhora poderia conversar com o fiscal quando chegar.

Uma furiosa cotovelada do senhor Maunourette lhe tirou a voz e quase o fôlego.

— A senhora evidentemente vai tomar o trem das 17h57, disse ele, surgindo de repente ao lado da estupefata passageira. A modificação que a senhora tem em mente — continuou ele naquela linguagem tão particular, comum aos funcionários corteses e cujo ingênuo preciosismo é idêntico em todos os países do mundo — demandaria que a senhora se dirigisse a um guichê especial. Porém, o tempo urge. Vou acompanhá-la até o trem e avisar o fiscal...

Ele retornou alguns momentos depois, vermelho de raiva.

— Vaca maldita! Ela me escapou por entre os dedos na hora da partida. E sem nenhum colega das antigas por perto, o que você queria que eu fizesse? Eu não podia nem mesmo ter avisado o comissário de La Roche a respeito dela.

— Escute, senhor Maunourette, admita que imaginação é coisa que não lhe falta. Aquele sujeito que você tinha dito outro dia que era um gângster americano foi visto por Thérèse no domingo, com uma mulher gorda e quatro moleques, com varas de pescar nas costas. Informações tomadas, trata-se de um frequentador dos subúrbios.

– Bem, bem, replicou o subchefe, admitamos que eu errei em falar na sua frente, são ideias que me passam pela cabeça, só isso, são coisas sem qualquer consequência.

E, com um movimento de ombros, exprimiu apenas para si seu profundo desprezo por uma ordem social indiferente às verdadeiras superioridades, lançando aos superiores ignaros a responsabilidade pelas catástrofes que se avizinhavam.

Ela simplesmente desceu pelo outro lado do trem e, em seguida, foi até o primeiro vagão – ela tinha entrado no trem que estava partindo para Genebra. De todo modo, ela poderia descer em Dijon e ali tomar o expresso para Grenoble. O olhar do velho inspetor a tinha perturbado. Era o olhar de um imbecil, mas a experiência de vida há muito tempo a tinha colocado de sobreaviso em relação a uma espécie muito comum de imbecis ajudados pela sorte e que, de disparate em disparate, frustram os planos mais sutis.

Ela deixou suas bagagens no primeiro compartimento que encontrou, vagou pelo corredor e acabou encontrando um vagão vazio na terceira classe, reclinou-se no banco e olhou pelo vidro sem ver passar uma colônia de leprosos. Depois, ela pegou um papel na bolsa, leu-o duas vezes com o maior cuidado e, tendo-o picado em pedacinhos, jogou-os porta afora. Por muito tempo ela ficou assim, com o rosto chicoteado pelo vento úmido, de olhos fechados, até que subitamente as luzes de uma estação atravessada em alta velocidade retiraram-na de seu sonho confuso, em que flutuavam, por um paradoxo deveras singular, nada além de vagas imagens de felicidade.

Fazia muitos dias que ela tinha visto Mainville, mas isso mal a inquietava. Melhor seria que eles tivessem se separado um pouco mais cedo do que ela tinha previsto. Além disso, ela só iria encontrá-lo quando fosse chamada. Porque ele a chamaria. Talvez ela recusasse da primeira vez. Por outro lado, ela rapidamente se cansou de prever acontecimentos que ainda lhe pareciam tão distantes, separados dela por aquele abismo que sua audácia e sua coragem iriam transpor.

Estranhamente, ela não duvidava nem um pouco de que concluiria o ato que tinha jurado realizar, e mesmo essa profunda segurança teria podido ser chamada por outro nome: a certeza da impunidade. Mesmo assim, ela não imaginava nada depois dessa obra tenebrosa, realizada nas trevas. A noite em que ela ia entrar, com um coração resoluto e calmo, não ia terminar no dia. Pela primeira vez, a prodigiosa vida interior, sempre curvada sobre si mesma, e que, segundo um dizer ignóbil do velho Ganse, há dez anos cozinhava em seu próprio caldo, aquela vida misteriosa dividida alternadamente entre o desespero e a exaltação, cortada, assim como uma suspeita encruzilhada, por figuras de pesadelo, aquele fluxo subterrâneo iria romper o obstáculo sob o qual seus turbilhões se aprofundavam e apareceria à luz do dia... Pela primeira vez e, sem dúvida, pela última vez...

A ideia do crime não lhe despertava repulsa nenhuma, medo nenhum, e, após o crime, ela não sentiria remorso nenhum. Tratar-se-ia simplesmente de uma imagem monstruosa dentre tantas outras, e, uma vez realizada, dificilmente se distinguiria das imagens monstruosas que ela sentia fervilhar em si desde a infância e que já preenchiam seus sonhos. Duas vezes na vida ela acreditou ter encontrado o homem que a libertaria, o cúmplice fraterno, e duas vezes ela só tinha assegurado sua apreensão, à custa de tantos ardis, sobre aventureiros sem audácia. Se eles tivessem sido outros, o que exatamente ela teria pedido deles? Talvez nada. Talvez sua força tivesse trazido paz à sua alma atormentada? Talvez eles tivessem exorcizado seus demônios? Por um momento, ela achou que tinha encontrado em Ganse, na falta de um mestre, ao menos um amigo. Ah! Com que louca avidez o velho homem manteve vivas suas chagas, escavando-as até o fundo, tirando dela a substância de seus melhores livros! O esgotamento cerebral havia lhe dado alguns meses de uma espécie de repouso, de aniquilamento quase voluptuoso, que o abuso da morfina havia prolongado por um pouco mais de tempo. Depois, aquela crise de loucura mística em que sua razão quase se obscureceu, as passagens pela Paris secreta, a dos falsos padres, dos falsos magos, as missas acinzentadas ou negras, o inferno! E, de repente, o pequeno Olivier com seu olhar angelical.

A ideia lhe tinha ocorrido no mesmo dia em que ele tinha revelado o nome daquela velha avara que miseravelmente lhe dava uma magra mesada, ao mesmo tempo que ela teria podido, com uma assinatura, ter-lhe dado uma vida feliz, livre, digna dele, uma vida que, enfim, fosse parecida com ele.

Na verdade, ela teria podido deixá-lo de lado com facilidade. Mas sua imaginação, acostumada ao trabalho de acumular documentos verossímeis relacionados a algum fato, por anormal ou excepcional que fosse, continuou trabalhando quase sem que ela percebesse. A imagem da castelã tornou-se, pouco a pouco, um daqueles pontos fixos que o oscilante devaneio da droga alternadamente recobre e revela, como se fosse a ponta de um recife em meio à agitação de espuma. Infeliz daquele que serve de sinal ao olhar vazio da serpente! Ela teve a ideia de interrogar seu amante, que aliás nunca se cansava de falar da casa cinza, com sua mistura infantil de ódio e de ternura, imediatamente perdendo-se numa torrente de detalhes que ela com dificuldade ouvia até o fim. Mas, quando o delicioso e untuoso poder, semelhante a uma camada de óleo morno, parecia novamente tomar forma em sua nuca e esfriar a medula, cada imagem vinha desenhar-se na tela com uma precisão implacável. Um dia ela não aguentou mais, tomou um trem para Grenoble, alugou uma bicicleta em Gesvres e até a noite pedalou por Souville. Ela voltou diversas vezes, até que o lugar tivesse ficado tão familiar que ela conseguia imaginar-se ali sem a menor dificuldade, apenas fechando os olhos.

E, desde aquele momento, a imagem do assassinato tinha surgido daquela parte da alma em que nada ainda distingue a vontade do desejo, ou mesmo de um sentimento ainda mais obscuro. Ela não via apenas as duas velhas indo e vindo no fundo da casa solitária, ou em meio àquela decoração rústica que uma faculdade superior à memória reconstruía em todos os detalhes com uma precisão diabólica – ela via ela mesma, não nessa ou naquela conjuntura imaginada a bel-prazer, mas em todas as circunstâncias do ato que agora nada a impediria de realizar, e essas circunstâncias, uma vez escolhidas, como que por um instinto misterioso, não variavam mais: o sonho se ampliava e irradiava em torno delas sem mudar o que quer que fosse, como numa cristalização impressionante. Ela sabia, por uma ciência infalível, que, uma vez que essa cristalização se concluísse, nada restaria além de conclamar sua fria vontade para o primeiro ato, para o primeiro gesto, que decidiria todos os outros. Essa certeza era, ao mesmo tempo, delicada e pungente, mas de tal jeito que, embalada pelo movimento monótono do trem, ela não hesitou nem por um segundo em fechar os olhos, certa de não perder a parada seguinte.

Ela só saiu de sua calma e de seu sono profundo quando chegou à estação de Dijon. Ela mudou de trem, como previra, e novamente dormiu em paz.

A aurora se levantou num céu horrendo, do qual a água jorrava. A chuva parou perto de Bourg e a bruma começou a subir de toda parte, sob um céu cor de salmoura. Os primeiros declives, as únicas coisas visíveis, fugiam entre esses vapores. Ela abandonou seu projeto de pegar o ônibus para chegar a Souville e decidiu descer em Saint-Vaast. Sem deixar a estação, ela logo subiu no trem local de Bragelonne. Tendo chegado à pequena estação, mergulhada na neblina cada vez mais espessa, nada foi mais fácil do que passar pelo portão sem apresentar seu bilhete, inutilizável desde Saint-Vaast. Ela o picou discretamente e jogou-o por cima do parapeito, nas correntes escuras e tortuosas do Yvarque.

A dificuldade do ato que ia cometer lhe pareceu maior. Há alguns dias, talvez, ela não se sentia mais astuciosa, mais forte, mais capaz de ir até o fim na mentira em que havia entrado com um medo voluptuoso. Mas ela percebeu imediatamente que não sairia dessa mentira, que dessa mentira não tinha saída. Qualquer que fosse, a partir daquele momento, a profundidade de seus estratagemas, ou talvez por causa dessa própria profundidade, da infalível precisão de seus cálculos, uma evidência sinistra lhe assegurava que eles seriam frustrados um após o outro, não por um adversário mais capaz, mas por um inimigo estúpido, o mais estúpido de todos, o acaso. O acaso subitamente tinha ficado contra ela, e aquela mínima parte de sorte, apoio indispensável de toda empresa humana, tinha acabado de virar fumaça. Será que ela se obstinaria a jogar contra a sorte uma partida perdida de antemão? Não bastaria virar as costas, renunciar? Baixando os olhos, ela conseguia ver a plataforma solitária em que tinha descido há pouco. A fumaça da locomotiva que a havia levado não tinha ainda acabado de se dissipar no céu enevoado e ainda dava voltas por cima dela. Um passo para trás, e o retorno por qualquer trem expresso, para Grenoble ou para Genebra, que importa! Mas aquilo que o covarde chama de desespero tem na verdade outro nome: medo. Só o medo é capaz dessas súbitas renúncias. Que alma forte jamais obedeceu a um pressentimento? A tristeza augural que acompanha essas secretas advertências parece, na verdade, selar seu destino.

 Ela atravessou a plataforma com dificuldade e, incapaz de ir mais longe, entrou no café da estação, tragando, gole após gole, duas xícaras de café. Trajando um vestido negro extremamente simples, quase pobre, com um casaco curto, sapatos grosseiros, boina de tricô que cobria integralmente seus cabelos curtos, recentemente cortados em estilo "joãozinho", toda a sua bagagem numa minúscula valise de couro, ela praticamente não corria o risco de atrair a atenção de ninguém, em meio a tantas outras silhuetas semelhantes, que o mais desconfiado olha sem ver, e das quais ele não conseguiria conservar nenhuma lembrança. Apenas o cansaço da viagem, por exagerar sua palidez e afundar-lhe as bochechas, dava a seu olhar um brilho, uma profundidade tão extraordinária que ela ficou feliz por ter colocado na bolsa, realmente por acaso, um par de óculos de armação em chifre.

A assustadora tristeza que a havia tomado um momento antes não tinha se dissipado, mas o esforço da vontade, ademais quase inconsciente, havia transformado-a pouco a pouco. Ela conservava nada mais do que uma impressão quase física da solidão, ou, mais exatamente, do vazio. Às vezes, nos sonhos ruins, você tem a ilusão de uma caminhada interminável, com desvios numerosos e complicados, seguidos de uma fuga sem propósito por entre uma multidão muda que se abre à sua passagem, mantendo à sua volta uma zona intransponível de espera e de silêncio. Na verdade, o remédio para a sua angústia, para toda angústia, estava ali, no estreito bolso forrado de couro, o sachê enfiado no corpete, um pouco acima da cintura. Desde a noite anterior, a agulha de platina, dispensadora de beatitude, permanecia numa sinuosidade de sua pele; bastaria que ela ajustasse a seringa para sentir sair primeiro gota a gota, e depois sentir-se envolvida desde dentro pela nuvem do olvido... Mas ela tinha prometido a si mesma que dessa vez só usaria com deferência aquele primeiro acesso de euforia que desperta no fundo do ser algum animalzinho insidioso, caprichoso, especialista em toda espécie de perfídia. Para não ceder à tentação, ela acabou chamando a dona.

– Madame, começou ela com a voz mais calma, mais neutra, e imediatamente ela teve a impressão de que devia conhecer a lebre caçada pelos cachorros em terreno aberto e que, tendo ultrapassado o último cume, vê erguer-se de toda parte a mata espessa na qual vai perder-se e confundir suas pistas.

Afinal, muito antes da droga, a mentira tinha sido para ela uma outra fuga maravilhosa, a distensão sempre eficaz, o repouso, o olvido. Mentira de uma espécie particularíssima, poder-se-ia dizer de uma qualidade raríssima, que muitas vezes passava despercebida, mesmo pelos mais próximos, porque somente chamam a atenção e provocam a cólera ou o desprezo aquelas mentiras grosseiras, geralmente desajeitadas que a necessidade exige, e que, no mais das vezes, não passam de um último recurso, de um meio extremo usado a contragosto com o único propósito de fugir do castigo. Mas ela era daquelas, menos raras do que se imagina, que amam a mentira em si mesma, e que a usam com profundos cuidado e clarividência, e que, aliás, só a apreciam quando o verdadeiro e o falso se misturam tão intimamente que se tornam uma coisa só, assumindo vida própria e fazendo, na vida, uma outra vida.

O sentimento de sua solidão, que há pouco parecia dar-lhe uma impressão de impotência, subitamente deixou-a exaltada. Sozinha, está bem! Sozinha em meio a tantas armadilhas e perigos. Livre, porém. Momentaneamente tão desligada do passado quanto um fruto que caiu da árvore, mais livre do que ela jamais fora, pelo menos há muito tempo, porque nada poderia, ao longo das horas que ela iria viver, limitar ou controlar suas metamorfoses. A obscura poesia interior, nunca inteiramente revelada, nem mesmo aos mais íntimos, poderia exprimir-se segundo sua fantasia, segundo a necessidade ou a inspiração do momento, sem outra regra além da defesa ou do prazer. Longe de causar-lhe o mais mínimo incômodo, o olhar um pouco desconfiado da dona, no qual ela ousadamente mergulhava o seu, perturbava-a até o fundo da alma, e parecia fazer brotar dela uma fonte inexaurível de imagens e palavras. Assim, a sépia perseguida some na nuvem de tinta que sai de seus flancos.

– Madame, disse ela, a senhora teria a bondade de me dar a lista telefônica da cidade?...

Ela fez uma cara de quem consultava o livrinho, folheou-o com um dedo discreto, com a outra mão na testa. A dona ficou de pé, apoiando a barriga na mesa, sem tirar os olhos dela.

– A senhora viaja, não? – perguntou ela, enfim. Os negócios vão mal. Além disso, a alta temporada já passou.

– Ah! Já estamos nos preparando para a próxima. Temos de começar cedo, por causa da concorrência. Além disso, meu estabelecimento ainda não é conhecido aqui. Nós nunca fomos além de Saint-Étienne.

— Qual artigo?

— Artigos de malha, de lã. Nós gostaríamos sobretudo de encontrar algumas colaboradoras habilidosas. Com certeza, aqui tem muito trabalho no verão.

— Talvez eu possa indicar...

— Ah! Não sou eu quem cuida da organização propriamente dita. Quem se ocupa disso é a inspetora-geral. Para começar, nós só trabalharemos nos vales de Valmajour e de Griendas. Fui eu que tive a ideia de trazer os negócios até aqui, aliás. Você vê muitos lugares em agosto, pelo que dizem?

— Sim, até que vejo. Mas, se entendo bem, senhora...

— Senhorita... Ela corrigiu com um sorriso triste.

— A senhorita não visita a clientela?

— Muito pouco. Esse empreendimento é inteiramente novo, e nos Pireneus teve resultados extraordinários. Nós organizamos grandes viagens de venda, tudo de carro. É o velho método dos mercadores ambulantes, mas aperfeiçoado, rejuvenescido, com meios excepcionais. Nossos veículos levam toda uma instalação desmontável que permite construir quase instantaneamente lojinhas bonitinhas, encantadoras, adoráveis, verdadeiras belezas. Veja que vendemos a preços especiais, publicitários. O pessoal é recrutado no local mesmo, na última hora, pela primeira vendedora. Pretendemos atingir uma clientela bem mais regular e mais extensa do que a das veranistas. Nossa organização está calcada em empresas americanas similares. Seu objetivo é garantir à mulher, mesmo que ela more na aldeia mais humilde, as mesmas facilidades de que dispõem as elegantes citadinas, com a vantagem de que fazemos nós mesmas o esforço de escolha e de discernimento que tornam tão difícil a desordem e a multidão dos grandes magazines de Lyon ou de Paris. Logo poderemos fornecer tudo aquilo que, de perto ou de longe, diz respeito à elegância feminina. Sob demanda, graças a nossos métodos de medida, nós nos encarregamos de costurar a roupa no tecido escolhido em nossos catálogos. Cada uma de nossas assinantes terá suas fichas, sempre atualizadas, das botas até o chapéu, manequim completo, veja só! A cada estação, uma viagem de nossas vendedoras vai permitir que elas façam suas escolhas a partir de modelos ainda inéditos. A alta costura ao alcance de todas, é esse o objetivo.

O olhar da senhora gorda, exageradamente atento, exprimia sempre a mesma curiosidade misturada com desconfiança, enquanto sua interlocutora, incapaz de interromper a narração de sua estranha história, ouvia ela mesma com uma impaciência nervosa que lhe levava lágrimas aos olhos por trás dos óculos. Quando sua principal intenção é passar inteiramente despercebida, custe o que custar, por que se envolver a fundo nessa história idiota? Mas a tentação era forte demais, ela precisava elaborar as mentiras, quaisquer que fossem, erguendo uma frágil defesa entre ela e o perigo desconhecido, indefinido. Por outro lado, também parecia que suas palavras se perdiam em uma espécie de murmúrio vão, sem eco nenhum.

— É um negócio considerável, observou a dona; e, ao mesmo tempo, seu olhar insuportável, em meio aos raros cílios, ia dos sapatos salpicados de lama à boina de lã.

— Ah! Considerável por outras, não por mim, disse a senhora Alfieri. Tenho dificuldade em começar as coisas, e os começos são muito difíceis. Mas, em um ano ou dois, eu poderia ser nomeada subinspetora, receber uma porcentagem dos negócios, me resolver, hein!

— A minha filha... começou a gorda senhora.

— Sua filha? Ela também está no ramo?

— Exatamente. Ah, ela é artista, fez cursos em Gap e trabalhou numa casa de Avignon. Infelizmente, desde a morte de seu pai, coitada! ela não conseguiu continuar na profissão, porque a baixa estação é longa demais. Ela é datilógrafa na Sauret, a grande saboaria de Marseille. Se, às vezes...

— Falaremos novamente...

— Com certeza... E, a propósito, tenho quartos baratos e preços especiais para os viajantes do comércio: vinte francos por dia. O hotel não parece nada demais, mas a cozinha é de lamber os beiços – é tudo feito na manteiga. Não vale a pena ser tosquiada no *Moderne* ou no *Terminus*. A senhora vai ficar por muito tempo?

– Dessa vez um dia ou dois, não mais. A menos que... Tenho um encontro com uma correspondente em Soltéroz.

– Quando?

– Agora de manhã, disse ela, antes do meio-dia.

– Antes do meio-dia! Mas, olha, a partir de outubro só há um serviço de ônibus, de manhã e de noite.

– Dane-se. Vou de bicicleta, o céu está ficando claro. Vai ser bom alugar uma bicicleta...

– Sim, na Garagem do Centro, provavelmente. Mas...

– Veja bem, continuou pacificamente a senhora Alfieri, nós duas trabalhamos com revistas, então, eu gostaria de falar claramente. Na situação atual, não posso deixar de lado os pequenos lucros, entende? Faço o máximo que posso do caminho de bicicleta, e a empresa me reembolsa por um carro, o que não faz mal a ninguém. Então, entre nós, quando eu voltar acompanhada da inspetora...

– Bom. Não precisa nem pedir na garagem: tenho aqui a bicicleta da minha filha, uma bicicleta velha, não é ótima, mas é sólida. Ela usou a bicicleta não faz nem três semanas, portanto...

– Escute, senhora... Senhora?

– Senhora Hautemulle...

– Escute, senhora Hautemulle, isso está ótimo para mim. A questão é chegarmos a um acordo em relação às minhas coisas administrativas, não é? Quando eu sair, a senhora vai colocar o valor do carro na minha nota, foi a senhora que conseguiu o carro para mim, não vamos perder nada, nem eu, nem você. A inspetora, aliás, não vai fazer muitas perguntas, ela é uma boa senhora. E, quanto ao aluguel da bicicleta, eu ainda assim vou fazer um depósito, porque negócios são negócios.

– Pense, senhorita... Senhorita?

– Senhorita Irène.

– Ora, senhorita Irène, guarde o seu dinheiro. A bicicleta está embaixo do alpendre, e já tem óleo. Pode partir quando quiser. Eu agora preciso terminar os quartos, o rapaz está de férias. A ficha está no balcão, por favor não deixe de preenchê-la, hein? A polícia é tão importuna, uma verdadeira praga.

Ela ficou sozinha, com a testa entre as mãos, absolutamente aturdida com o esforço que havia feito, não para imaginar, mas, ao contrário, para segurar a torrente de mentiras que ela sentia prestes a jorrar de sabe-se lá qual ferida da alma que sua recente aflição sem dúvida tinha acabado de reabrir. A chuva novamente batia nas vidraças, e o silvo de uma locomotiva em manobra dilacerava o ar com seu apelo fúnebre, às vezes prolongado como um gemido, às vezes breve, imperioso, desesperado, semelhante ao grito de um ser consciente, golpeado de morte. Ela apertava as têmporas com seus dedos gelados para conseguir colocar em ordem as imagens que se sucediam com uma rapidez extraordinária em sua cabeça, misturadas com números, sempre os mesmos. De Léniers a Duranção, doze quilômetros, de Duranção a Ternier, vinte e cinco. A passagem de Sermoise, sete. Total: quarenta e quatro. Três horas, talvez quatro por causa das subidas...

A chegada da dona tirou-a brutalmente daquela espécie de pesadelo.

A senhora Hautemulle descia com hesitação a estreita escada em espiral, e o corrimão rangia por causa de seu peso. No meio da escada, ela disse, num tom cordial:

– Decididamente, senhorita Irène, vou preparar o quarto 5, que é o mais quente. Se chegar alguém, basta tocar o sino que fica ali perto da máquina de café, a dois passos.

Ela subiu de volta com um passo pesado, e a senhora Alfieri viu-se sozinha, com imenso alívio. Ela tateou febrilmente o corpete, chegou à algibeira forrada de camurça, ajustou a seringa e encheu-a às cegas embaixo da mesa. Suas mãos tremiam de impaciência, e a necessidade, no momento em que ia ser satisfeita, dobrou de intensidade, abolindo qualquer outro pensamento. Feita a coisa, ela esperou, perdida no sentimento familiar e, mesmo assim, sempre aguardado, sempre novo, de uma decepção vaga e indecisa, que se fundia de repente a uma impressão de beatitude absoluta, de facilidade sobre-humana, que porém, que pena! ia embora depressa demais.

Uma a uma, como que obedecendo a um apelo ignoto, alguma inspiração interior, as imagens momentaneamente dispersadas voltavam a assumir seu lugar e sua ordem, mas ela mal conseguia reconhecê-las. Ao menos elas pareciam ter perdido todo contato com aquela parte da mente que concebe, julga, raciocina e vive vida própria, entendendo-se entre si segundo as leis de uma lógica particular, sem relação com a outra, análoga àquela das cores e dos sons. E quando enfim a faculdade superior, ainda obscurecida, retomou seu trabalho, o pensamento pareceu conformar-se docilmente àquele ritmo estranho, banhando-se na mesma luz doce em que toda contradição parece fundir-se. Novamente, como em Paris, durante as longas noites, tão deliciosas que faziam da insônia um repouso superior ao sono – o sono teria parecido a forma mais grosseira, quase inconcebível, do repouso –, ela sentiu renascer nela aquela impaciência apaixonada do ato a executar, o sentimento de uma necessidade superior que tornava a própria ideia do fracasso absurda, a impressão física do sucesso já obtido, da empreitada concretizada.

Um único escrúpulo – como um minúsculo ponto sombrio: a inutilidade da mentira que ela tinha acabado de contar. A necessidade de acrescentar esse detalhe, sem dúvida insignificante, mas irredutível, ao plano simplíssimo que ela havia elaborado, tão simples que lhe parecia necessariamente confundir qualquer investigação por reduzir ao extremo aquele pequenino número de fatos precisos que são os elos costumeiros das pesadas correntes das deduções policiais. A ideia desse plano lhe vinha desde sua primeira viagem secreta a Souville, alguns meses antes – se é que se pode dar o nome de plano a uma sucessão de imagens quase alucinatórias, tão estreitamente ligadas quanto se apresentaram depois, sempre na mesma ordem, com precisão cada vez maior. E, na verdade, a vontade do assassinato não estava de jeito nenhum inteiramente formada, ou ao menos era nisso que ela acreditava. Mas a ideia da velha octogenária, quase fora do mundo, retida por um fiapo de vida que o mais mínimo esforço bastaria para romper, tornava-se para ela a cada dia mais insuportável, ao mesmo tempo que se multiplicavam as cenas assustadoras e pueris ao fim das quais o espetáculo de seu frágil amante, derrubado num sono infantil, enchia-a ao mesmo tempo de vergonha, de nojo e de uma pena ainda mais insuportável. "Nada poderá ser descoberto antes de pelo menos seis meses", afirmava Mainville entre dois soluços. E quando o esgotamento de seus nervos, causado pela droga, lhe dava algumas horas de enganosa remissão, ela via erguer-se nos olhos desvairados uma segurança tão frouxa que ela teria desejado morrer. Por que diabólica contradição interior ela só pôde conhecer e possuir o prazer na dilaceração, a tortura de seu orgulho crucificado? Não, a vontade do assassinato ainda não havia nascido nela, mas ela encontrava na antiga senhora desconhecida tudo aquilo que lhe inspirava terror ou medo na pessoa do próprio Olivier, como se a castelã de Souville tivesse sido responsável pela humilhação da qual ela tirava sua força e sua tortura. E essa ilusão foi-se tornando pouco a pouco tão forte, e a obsessão tão tirânica, que nada no mundo a teria desviado de seu desígnio, uma vez que ele tomou forma, de ir ver os olhos dela, de observar à vontade aquela mulher extraordinária, que até aquele momento ignorava o seu nome, e sobre quem ela sabia tantas coisas, até mesmo manias insignificantes, até mesmo os menores episódios, sempre os mesmos, da monótona vida cotidiana.

Ainda que ela não tivesse decidido nada antes da partida, decidida tão somente a entregar-se ao acaso, ela teria de bom grado corrido o risco de uma conversa, de uma daquelas discussões, alternadamente ternas ou cínicas, que ela sabia nuançar maravilhosamente de acordo com o interlocutor ou com as conjunturas, e que tantas vezes lhe haviam sido úteis.

Mas um conjunto de circunstâncias, aliás, deveras singulares, desviou-a. O ônibus cujo serviço só é garantido da primavera ao outono a havia deixado perto do meio-dia na pequenina cidade de Dombasles, a cinco quilômetros de Souville. Abandonando a estrada, seguindo os conselhos de um passante, ela vagou pelos atalhos que, repisados pelos rebanhos em toda estação há séculos, às vezes parecem vias transitáveis, até que subitamente se apagam no solo duro em que nada mais os distingue da rocha além das marcas, um tanto apagadas pela chuva, dos excrementos dos pombos da última estação. Uma última confusão, que o crepúsculo tornava quase inevitável, fez com que ela cometesse um erro: em vez de chegar à praça da cidade, ela se viu subitamente na metade da encosta, em meio aos juncos e aos arbustos. As primeiras janelas se iluminavam embaixo dela, e a cidade estava ali, tão parecida com aquela que as fotografias trazidas por Olivier tinham lhe mostrado tantas vezes, a todas as horas do dia e do ano, que ela teve aquela sensação bizarra de menos reencontrá-la do que de descobri-la. A torre da igreja se erguia à sua direita e, no mesmo instante, o velho relógio desferiu, no vale já escuro, suas pesadas badaladas, que ela nem pensou em contar. A solidão era profunda; o silêncio, extraordinário. Voltando-se pouco a pouco, como se ela tivesse tido a consciência de uma presença invisível, percebeu no meio do mato as duas muradas de tijolos e a grade do parque onde ela havia entrado, primeiro lentamente, depois mais rápido, ainda incerta da decisão que iria tomar.

Um som de passos, depois de vozes, fez com que ela se pusesse à esquerda, atrás de um imenso loureiro-rosa. Ela quase não conseguiu se esconder, ficando pronta para sair de seu esconderijo caso os recém-chegados adentrassem o caminho que ela tinha acabado de deixar. Eles não fizeram nada disso, mas caminharam pelo gramado, passando a alguns passos de distância, e se foram.

Ela os viu descer as voltas da estrada até a cidade, e não teve dificuldade de reconhecer a governanta, acompanhada de Filomena. Por um longo momento, a voz aguda da criada vinha até ela, levada pelo ar sonoro, e depois foi ficando gradualmente mais fraca, extinguindo-se. O silêncio só foi perturbado pelo monótono balançar dos altos galhos invisíveis, e, às vezes, o pesado levantar voo de algum corvo já empoleirado para passar a noite, e cuja sombra, desmesuradamente grande, deslizava momentaneamente sobre o gramado.

Ela se aproximava pouco a pouco, sem nenhuma precaução além de seguir ao longo da linha escura dos arbustos. Ao ouvir o estalar das folhas mortas sobre seus saltos, o chiar do cascalho, ela tinha a todo momento a impressão de ouvir uma janela se abrindo, de escutar algum chamado. No entanto, nada se movia na grande casa cinza, naquele momento tão próxima dela que ela teria podido com um pulo chegar aos degraus da entrada. A certeza de que a velha senhora estaria sozinha naquele momento, completamente sozinha entre os altos muros acinzentados que a luz do entardecer, ainda visível, tingia de um tom de rosa sujo e fúnebre, preenchia-a com uma melancolia selvagem. Onde estaria, naquele instante, a estranha velhinha, com seu sorriso comprido, seu olhar irônico e glacial, do modo como Olivier a tinha tantas vezes descrito, por trás de qual daquelas persianas fechadas? E de repente lhe veio a lembrança de que ela era surda, tão surda, dizia Olivier, que há anos, sem que ninguém percebesse, ela escutava com os olhos. Mas ela era tão esperta que ninguém percebeu até o dia em que também a vista começou a traí-la. Surda e quase cega, em algum canto daquela casa solitária.

Ela ficou bastante tempo assim, de pé, com o coração batendo, sem sequer perceber que o frescor da noite gelava suas pernas debaixo do vestido fino. Depois, ela partiu exatamente como voltou, mas pela outra extremidade do parque. A descida pelas rochas escorregadias, que a escuridão cada vez maior tornava perigosa, tinha sido cansativa, mas, sem dúvida, menos do que o desígnio atroz que nela se formava, ocupando todas as forças de seu ser, como se fosse um fruto monstruoso de suas entranhas. Ela sentou sobre uma grande laje lisa, no acostamento do caminho de Gardes, no exato lugar em que, alguns meses mais tarde...

Duas horas depois, ela tomou novamente o ônibus em Dombasles, sem ter encontrado pela estrada inteira, aliás, pouco frequentada, ninguém além de um jovem guardador de cabras que ela ouviu assobiar pelo meio dos juncos por bastante tempo, mas sem vê-lo.

Depois, ela não conseguia parar de pensar que teria bastado que... Como teria sido fácil subir a escadinha da entrada, empurrar a porta entreaberta e... Depois desse primeiro passo decisivo, a escolha teria sido entre fugir imediatamente, num momento de audácia – e, por mais inverossímil que isso fosse, ela teria conseguido, sem dúvida, atravessar novamente o parque sem atrair a atenção de ninguém, com a certeza absoluta da impunidade –, e, de outro, esconder-se até a noite em algum recôndito daquela casa imensa. A criada dormia em cima, no sótão. O apartamento da governanta era separado do da senhora ao longo de toda a galeria do primeiro andar. Sem dúvida, nada teria sido mais fácil do que sair, concluído o trabalho, porque as chaves da porta principal tinham de ficar na fechadura. Se fosse preciso, ela teria aberto uma das janelas do térreo. O importante era andar rápido. E, nisso, ela tinha razão. Louis d'Olbreuse tinha escrito em algum lugar das suas memórias que a condição primeira e indispensável de segurança para um criminoso era agir sozinho. E o sucesso é quase certo se ele permanece suficientemente calmo para, tendo acertado com precisão todos os detalhes do ato, realizá-lo como se não o tivesse premeditado, assim como os loucos e os bêbados que a polícia só descobre graças a imprudências posteriores. No crime, assim como nos tiroteios, os planos não valem muito se, chegada a hora, não estivermos decididos a forçar a sorte. A regra vale para todos os crimes, menos o envenenamento.

Antes de deixar Paris, ela estava resolutamente determinada a agir como em sua primeira viagem a Souville, deixando para romper o contato no último minuto. Até então, ela seria uma viajante inofensiva que se prepara para um encontro decisivo, sem saber qual será o resultado dele, ou mesmo se realmente acontecerá. Até o último minuto, até a soleira da grande porta, cujo batente acinzentado ela acreditava ver ao fechar os olhos, ela seria tão somente uma amante desesperada que vinha fazer um pedido à tia de seu namorado, uma parenta rica e avarenta – uma situação cômica e comovente. E ei-la à temida soleira, ela que nunca havia sonhado acusar-se de nada além de uma indiscrição grosseira, para dizer a verdade, mas venial. Até o último minuto, o crime ficaria nela, somente nela, o segredo mais seguro, mais profundo, mais inviolável. A menos que...

Ela não se arrependia de sua derradeira caminhada ao lado de Ganse, ainda que não a tivesse premeditado sob nenhum aspecto. Ela tinha de aproveitar aquela oportunidade, e ela se culparia mais por não tê-la tentado de verdade ou por ter deixado escapar cedo demais a presa que tinha sentido estremecer em seus braços. Mas, daquele jeito, aquela confissão pela metade fazia do velho homem uma espécie de cúmplice, supondo que o assassinato da senhora de Souville atraísse sua atenção e que ele comparasse aquela simples notícia de jornal com a meia confissão da secretária. E, nesse caso, ela conhecia o bastante a covardia do autor de *A Impura* para ter certeza de seu silêncio. Muito mais: a ele custaria pouco mentir, desde que permanecesse alheio aos aborrecimentos e às investigações, uma vez que o temor do escândalo havia adquirido nele aquele caráter um tanto ingênuo e infantil que assume nas criaturas muito puras, muito novas, ou nos velhos debochados. Aquela confidência recebida contra a vontade ficaria em sua memória como um desses sinais malignos, um desses temores sem objetos precisos, que logo se transformam em obsessões. O que quer que acontecesse, a imprudência que ela cometera, ainda que de todo jeito fosse uma só, agora só podia ajudá-lo.

O desaparecimento de Olivier, que nem a inquietou muito, porque ela sabia que ele era capaz desse tipo de fugas, mesmo assim apresentava um problema, e a solução desse problema, felizmente ou não, dependia exclusivamente do acaso. Na verdade, ela ficava feliz por ele ter demorado tanto para escrever a carta, da qual ela tinha fornecido inicialmente o tema e depois o texto, quase igual. O nome da senhora Alfieri ainda deveria ser desconhecido da senhora de Souville. Mas e se o frágil rapaz, naquele momento fora de si, tivesse escrito outra carta? Seria possível que a polícia lhe desse pouca atenção, porque nada parece mais fácil do que dirigi-la, uma vez que o assassinato estivesse concluído, para o homicídio clássico, seguido de roubo, o vil crime que o completo isolamento da casa, conhecido de todos, tornava mais verossímil. Mas também seria possível que uma investigação desconfiada retivesse um nome, uma carta, e, diante da primeira questão perigosa ou simplesmente embaraçosa, Olivier desataria a falar. O medo o deixava bulhento e tagarela.

– Ora o quê! – disse a gorda senhora, com uma voz que lhe parecia colar em suas orelhas –, você está dormindo, minha jovem. Em vez de percorrer esses caminhos de bicicleta, faria melhor em deitar-se um pouco.

Ela abriu os olhos e, imediatamente, sentiu que empalidecia. Sua saia, levantada um pouco acima dos joelhos, revelava suas coxas, e foi um milagre que ela não tivesse deixado cair em sua sonolência a seringa de Pravaz, que guardou inconscientemente entre os dedos. Mas bastou-lhe lançar um olhar para a dona para ficar tranquila.

– Então eu dormi mesmo? – disse ela.

– Meio que dormiu, sim! Chegou até a roncar um momento. Ah! Não é nada. É só o cansaço.

– Dormi muito tempo?

– Uma horinha, talvez.

– Deus do céu!

Ela não tinha necessidade de simular o terror, ela realmente o sentiu. Junto com as primeiras carícias soberanas do veneno desaparecia toda segurança, toda confiança, ao mesmo tempo que, novamente, aquela impressão de solidão, aquele círculo cada vez maior à sua volta, aquele vazio...

– Minha cara senhora, disse ela (e sua língua com dificuldades se movia na boca, como após uma longa noite de embriaguez), vou partir imediatamente.

Ela sentiu o calor retornar lentamente às bochechas. Com um gesto hábil, ela deixou cair a seringa na bolsa aberta, que fechou sem fazer barulho.

– Está bem, replicou a dona sem insistir mais. Como quiser. Vou preparar suas bagagens.

– É que...

Ela não tinha nenhuma outra bagagem além da minúscula bolsa de couro e sua primeira mentira obrigou-a a uma segunda. A necessidade de usar artifícios com aquela mulher imbecil humilhava-a tão dolorosamente que lágrimas de ódio vinham-lhe aos olhos.

– Eu deixei a bagagem no depósito. Ah! Era só uma simples valise com amostras, quase nada.

Sua decisão estava tomada: como ela não podia, ai! voltar àquela história idiota, ao menos ela a exploraria até o fim. Mas quantos riscos!

– Vou tentar avisar a inspetora pelo telefone, disse ela. E como se a dona esboçasse um gesto:

– Por favor, peça para mim o 16-22 em Grenoble.

Esse era o número, guardado por acaso, de um hotel onde ela havia tomado o café da manhã durante sua primeira viagem a Souville. Assim que a resposta chegou a seus ouvidos, ela passou a mão pelo cotovelo e, uma vez cortada a comunicação, iniciou com sua interlocutora imaginária uma conversa que a dona fingiu não ouvir, mas da qual ela não perdeu sequer uma palavra, porque logo observou, estouvadamente:

– Nessa hora que você está falando, você jamais vai ter chegado de Soltéroz.

Sem interrompê-la, a senhora Alfieri pôs um dedo na boca e, colocando, enfim, no lugar o auscultador:

– Tenho minhas razões, disse ela. Não esqueça que, para a inspetora, devo fazer a viagem de automóvel. Se ela me telefonar nessa tarde, você diz que o carro é velho, que pode ter dado alguma pane, não importa o quê. Ela certamente vai tomar o trem das 6h10, porque é esperada amanhã em Lyon. Assim, vou ganhar três ou quatro dias, talvez uma semana. Não há como controlar meu trabalho pela região, uma vez que a casa está me mandando aqui pela primeira vez, e eu preciso demais descansar um pouco, senhora Hautemulle.

Ao ouvir a palavra "semana", a dona enrubesceu de prazer.

– Conte comigo, senhorita Irène. Afinal, sua inspetora não é o papa. Vou lhe mostrar a bicicleta. Quer me dar o papel do seu depósito? Enviarei um rapaz para pegar as bagagens. Ele só chega à uma da tarde, porque também é seleiro.

Mas ela não renovou essa gentil oferta, à qual a senhora Alfieri só respondeu com um balbucio confuso, aparentemente absorvida pelo exame da bicicleta, e a viajante estava muito longe antes que a dona percebesse seu esquecimento.

– Bah! – disse ela –, haverá tempo esta noite.

A senhora Alfieri saiu de Bragellone pela outra estrada, de Mornaz, dando as costas a seu objetivo. Um quilômetro depois teria sido fácil pegar de novo a estrada por um atalho que aparecia no mapa, mas aquela estrada secundária, mantida com tanto cuidado, que atravessava uma cidade grande, lhe parecia perigosa demais. Ela preferiu se aventurar um pouco ao acaso por um pequeno atalho pedregoso ao longo do bosque de Seugny, e sua intuição mostrou-se justificada, porque, depois de muitas passagens difíceis que quase a fizeram desistir de seu propósito, ela se viu, para sua grande surpresa, bem mais longe, logo na saída da cidade de Trentin, tendo assim a cidade à sua esquerda. Mais meia hora e ela seguiu uma rota paralela à linha de trem e, tendo vencido o desnível, leu na primeira placa, não sem subitamente sentir certo calor, o nome de Marzy-Souvignon, a dezoito quilômetros de Souville. Marzy, a última etapa, da qual ela se lançaria a seu destino. Mas o destino a esperava ali.

Ela chegou ali muito mais tarde do que tinha esperado, após ter empurrado a bicicleta com a mão, ao longo de colinas intermináveis.

Decidida a não deixar nenhum rastro, nenhuma memória de sua passagem, ela entrou num pequeno bosque de abetos e deitou-se num espesso leito de agulhas que uma rocha acima havia protegido da chuva. O efeito da droga tomada cinco horas antes a impedia de sentir fome e ela, em vão, se esforçou para terminar o último sanduíche que lhe restava das provisões feitas em Paris. Depois, ela fingiu, para si própria, absorver-se na leitura de um insípido romance policial. Fosse porque o cansaço a impedia de pensar, fosse porque sua imaginação, saturada de imagens fúnebres, agora só fosse capaz de produzir imagens cômicas, as horas que se seguiram passaram como um sonho, numa espécie de paz extraordinária, e ela iria se lembrar delas, nos terríveis momentos que se aproximavam, como as melhores de sua vida.

Saindo de seu esconderijo, ela viu o céu que empalidecia a leste, ao passo que a oeste as nuvens acinzentadas, caçadas pelo vento, se tingiam daquela cor violácea indefinível, nauseabunda, que evoca no pensamento como uma nostalgia inconfessável. Com medo de atravessar a cidade, ela se aventurou mais uma vez por uma rua estreita, cercada de galpões e de terrenos vazios, e leu imediatamente a palavra *Correio* em um casebre desolado, rodeada pela fantasia de algum empreendedor oficial de uma espécie de peristilo de pedras balouçantes. Ela achou boa ideia confirmar sua mentira da manhã, pediu o hotel da estação de Bragelonne e, quase imediatamente, reconheceu a voz da gorda senhora que perguntou, facilitando-lhe a mentira:

– É você, senhorita Irène? Está telefonando de Soltèroz?

– Sim, senhora. Estou aqui em Soltèroz.

– Hein? Ela está em Soltèroz. (Ela julgou ouvir a velha senhora trocar essas palavras com algum interlocutor misterioso e teve medo, por um brevíssimo instante, de que alguma palavra imprudente do empregado tivesse tornado flagrante a sua mentira. O fim da frase tranquilizou-a.)

– Perdão, eu tinha entendido Zulma. Bem, a que horas a senhora volta?

— Ainda não sei. Talvez nem volte. Eu ainda gostaria de evitar a visita da..., de quem a senhora sabe... Tem alguém ao lado da senhora?

A resposta lhe bateu como um golpe de bastão.

— Sim. Um colega. Um viajante da casa Fremiquet, de Lyon, que chegou de Grenoble, de carro, dez minutos depois da sua saída, e que está fazendo praticamente a mesma viagem que você.

As duas vozes recomeçaram a alguma distância do aparelho e, em seguida, a do desconhecido começou num tom jovial, mas com uma confiança positiva:

— Alô, lamento não tê-la encontrado esta manhã, senhorita. Se meu carro lhe puder ser útil...

Com um dedo, a senhora Alfieri tinha abaixado o gancho, e depois restabeleceu a comunicação só pelo tempo de pronunciar alguns "alô, alô, senhor". Por três vezes ela assim fingiu ser cortada por uma telefonista cabeça de vento, não deixando que chegassem aos ouvidos de seu interlocutor nada além de pedacinhos de frases impossíveis de interpretar em qualquer sentido e, depois, com um último insulto do rapaz à negligente atendente e um chamado desesperado a uma gerente problemática, ela desligou definitivamente. O suor jorrava de sua testa e ela surpreendeu com um terror misto de cólera o piscar de olhos da única atendente. Será que tinha percebido seu jogo ou será que ela estava só surpresa com seu rosto transtornado?

Ela montou de novo na bicicleta furiosamente, e contornou a cidade por um caminho tão pedregoso que acabou parando, ofegante, e, para tomar a estrada que ela via abaixo, atravessou um campo ainda não lavrado, cujos restolhos agudos feriram cruelmente seus pés. Refletindo, naquele momento, o último acidente, que tanto a havia comovido, parecia insignificante, desprezível, ao menos até seu retorno ao hotel da senhora Hautemulle, que poderia, aliás, adiar até a partida do importuno. Não havia dúvida de que aquele viajante voltava no sábado à noite para Saint-Étienne — mais cedo, talvez? Em suma, se após algumas horas a sorte parecia ter-lhe faltado diversas vezes, ela não tinha, graças a um acaso extraordinário, tido nenhum encontro desafortunado, ou nem mesmo suspeito. O caminho que lhe faltava percorrer até a passagem de Maupeou, do qual cada desvio estava gravado em sua memória, pois ela já o havia feito duas vezes, seria provavelmente ainda mais solitário. Melhor seria, ademais, que esperasse onde estava, ali mesmo, as primeiras horas do crepúsculo. Fazendo o cálculo mais preciso, ela com certeza chegaria à passagem ao cair da noite. Talvez deixaria ali a bicicleta, para entrar no parque pelo lado menos acessível. De todo modo, agora ela estava decidida a tentar a sorte de um encontro cujo resultado dependeria das circunstâncias e de sua coragem. Na embriaguez do cansaço, já que um espesso colete de lã a impedia de sentir frio, parecia-lhe que teria bastado um esforço quase imperceptível para que a cena que ela iria viver se desenhasse repentinamente diante de seus olhos, como numa tela mágica. O que lhe faltava, então? Ela deu alguns passos e descobriu à sua direita um galpão abandonado, onde ela poderia se sentar, deixando a bicicleta apoiada na parede. Ela já não era mais capaz de resistir por muito tempo ao monstro cuja fome, nunca totalmente satisfeita, tinha acabado de despertar quase sem que ela percebesse. Os dedos se fecharam por si sós, tremendo, e, assim que ela tirou a mão do estojo, eles começaram a tremer sem parar... Eles tremeram ainda por muito tempo, até que milhões de células ávidas fossem novamente impregnadas, embebidas do delicioso veneno. Naquele momento, ela não precisava fechar os olhos. Ela julgava sentir, como de hábito, seu olhar voltar-se lentamente para aquele universo anterior toda vez explorado, conquistado, e toda vez sempre tão misterioso, sempre novo. Parecia, então, que o mundo real não chegava à sua consciência senão através de uma fenda estreita, semelhante àquelas que deixam passar um único raio de luz por uma persiana fechada. A imagem de grandes nuvens lívidas no céu e o lamento cada vez mais agudo do vento continuavam a acompanhar seu sonho.

Às cinco horas, dizia Mainville, não importando o tempo que faça, a senhora Louise desce até a cidade com a criada. Ela vai ler na igreja o ofício da Virgem, por causa de uma das regras de sua ordem, da qual a secularização não a dispensa. Essa oração cotidiana nunca dura menos de uma hora, muitas vezes mais. Durante esse tempo, a doméstica vai levar a correspondência ao correio e faz algumas compras insignificantes, porque a senhora Louise insiste em fazer ela mesma os pedidos que o filho do dono da mercearia entrega no dia seguinte na mansão, trabalho pelo qual ele recebe dois tostões. Todo dia a dama de Souville fica sozinha e, diz ainda Mainville, ela aproveita esse momento de liberdade para colocar a correspondência em ordem, longe do olhar curioso de sua terrível favorita...

Duas horas. Não seria preciso tanto para... Porque ela não vai perder nem um minuto. A velha senhora vai olhá-la com desconfiança por cima dos óculos. "Senhora...", começaria ela. Mas ela já sabe muito bem que essa conversa imaginária não acontecerá. A imagem feroz, repelida nos momentos lúcidos, libertada pelo veneno, aparece subitamente. Só que ela não a reconhece. A cena tantas vezes vivida em pensamento não é mais do que uma espécie de mistura confusa em que ela não consegue distinguir, surpreender o gesto fatal. Ao custo de um esforço imenso de atenção, ela reconheceu o cascalho da aleia, os ladrilhos de pedra que perfazem uma calçada, para os dias de chuva, até a casa cinza, permitindo que se lhe dê a volta no seco... Mas ela não consegue se lembrar daquilo que se passou atrás daquelas paredes. Ela tem a impressão de que a casa cinza recua a uma velocidade vertiginosa, que some. Deus! Será verdade que a coisa está feita, concluída, esquecida? Como é escura a noite, escura e doce!... Por uma portinhola aberta, ela tem a impressão de ver fugir para o céu tenebroso a coluna de fumaça torcida pelo vento da corrida e que se dispersa em flocos de espuma acima da campanha adormecida. O forte embalar do trem, o surdo estrondo dos eixos bem lubrificados, o ar que silva contra os flancos de aço tão lisos quanto as paredes de um navio, o monótono crepitar das lâmpadas elétricas, o ronronar do vapor dilatado por tubos invisíveis embalam-na sem fazê-la adormecer. Será que ela logo vai reencontrar, em algumas horas, o gracioso amante, nunca confiável, seus olhos pueris, suas longas e pérfidas mãos, seu corpo jovem, mais fresco que o de uma mulher?... Não importa. Basta que a obsessão tenha concluído essa coisa há tantos meses inevitável e necessária. No mais, ela não sentiria qualquer remorso: foi contra ela mesma, e não contra a ridícula velhinha, que ela cometeu o crime, e é ela a verdadeira vítima. A surda revolta de sua vida perdida, o ódio lentamente maturado ao longo de dez anos de pobreza, de humilhação, de dúvida de si, o terrível trabalho de uma imaginação incendiada pelo veneno favorito, e que o sombrio gênio de Ganse sabia exasperar até a alucinação, até o delírio, tudo isso tinha de levar ao crime, tudo isso já era esse próprio crime. E agora...

A ilusão nunca tinha sido tão forte a ponto de ela não guardar alguma vaga consciência. Ora! a coisa ainda não tinha sido realizada: ela seria. Levantando-se com um pulo, ela pegou a bicicleta e subiu a rampa tão bruscamente, de cabeça baixa, que quase deu um grito de terror ao ver de repente a seus pés, no meio do caminho, uma sombra escura e imóvel. Era a de um padre de pé, inclinado contra uma árvore. Aliás, ele parecia tão surpreso que ela, num gesto de defesa, ou de polidez, colocou a mão à altura da testa.

— Peço perdão, disse ele.

O impulso a havia levado tão perto dele que lhe faltou o sangue-frio de ir embora sem responder.

— Eu estava consertando um dos meus pneus, disse ela sem refletir, como se tivesse achado necessário justificar sua presença. E, querendo encerrar o assunto logo com aquela inoportuna companhia, acrescentou, estouvadamente:

— Além disso, cá estou.

Mais uma vez, a resposta foi bem diferente da que ela esperava.

– Também estou voltando, disse ele.

A história do pneu furado tornava qualquer fuga impossível ou, pelo menos, suspeita. Ela preferiu segui-lo até a cidade, absolutamente furiosa.

– A senhora, sem dúvida, mora em Fillières, disse ele após algum silêncio.

Ela não ousou mentir.

– Não, senhor padre, disse ela. Estou indo lá só passar o dia de amanhã com uma parenta. E o senhor?

– Ah! Eu também não. Venho de bem longe mesmo, de Grenoble. Um contratempo idiota me segurou aqui desde esta manhã.

O rosto que ele acabava de voltar francamente para ela com certeza nada tinha de indiferente. Era o de um jovem padre, com expressão ainda infantil e, mesmo assim, marcada por uma tristeza quase indefinível. Sobretudo o olhar, que ele apoiou no dela, fê-la empalidecer.

– Estou passando por uma aventura bastante desagradável, continuou ele com uma voz calma, um pouco cantada. Eu deveria assumir meu novo posto esta tarde, mas me distraí e perdi a saída do ônibus, a carripana, como falam aqui. Por sorte, um senhor muito amável, que ficou no mesmo hotel que eu, disse que poderia me levar em seu carro. Porém, eu preciso esperá-lo uma hora ou duas. Sem dúvida, vou chegar bem tarde.

Ele tinha aquela pequena tosse que, nos tímidos, anuncia e prepara as confidências. Mas Simone mal escutava, com os olhos fixos nas primeiras casas da cidade ao fim daquela longa faixa de estrada que ela tinha percorrido tão rápido e que agora lhe parecia interminável. Será que ele ouviu o suspiro de impaciência que ela só reprimiu tarde demais? Ele diminuiu o passo e disse, com o tom de um aluno surpreendido fazendo o que não devia:

– Posso, talvez, ser indiscreto e...

– De jeito nenhum, respondeu ela, esforçando-se para sorrir. Você está vendo que preciso empurrar minha bicicleta e você não está me atrasando de jeito nenhum.

Ele deu mais alguns passos, visivelmente preocupado em voltar ao assunto que lhe absorvia.

– Trata-se de uma aventura lamentável, realmente ridícula. Mas como acreditar que, a uma distância tão pequena das cidades, um lugar possa ser tão mal servido? E meu azar ainda quis que meu confrade de Fillières não esteja por aqui, porque foi chamado para ficar com a mãe doente. Você o conhece?

– Sim, respondeu ela por acaso, quer dizer, talvez um pouco...

Ela sentia o olhar dele fixo nela, aquele mesmo olhar que, um momento antes, a tinha perturbado de um modo inexplicável. Para evitar uma nova pergunta embaraçosa que sua mentira arriscava suscitar, ela rapidamente acrescentou:

– Por aqui, o ministério paroquial deve ser bem ingrato, bem duro, não?

– Como em todo lugar, minha senhora, respondeu ele efusivamente. Claro que existem boas almas, mas nossa solidão é dolorosa.

– Ela também tem seus consolos, disse ela naquele tom que certos hábitos de sua vida lhe tinham tornado familiar, e que ela instintivamente recuperava diante de um padre, qualquer que fosse.

– Consolos... Sim, sem dúvida, aprovou ele, balançando a cabeça, com um sotaque tão parecido com o seu que, apesar de sua impaciência, ela quase deu uma gargalhada. Ah! Não é preciso temer a perseguição, mas, sim, a indiferença... A indiferença é a praga da província. Você conhece a área?

– Um pouco...

Ela não conseguia fazer com que ele apertasse o passo. Ele continuou com sua voz tranquila e, após ela ter desviado o rosto, tinha a impressão de literalmente sentir o peso do olhar em seu rosto, em seus lábios. Por que esse medo? Ela o achava, aliás, injustificado, atribuindo-o a seus nervos doentes, mas aquilo que lhe parecia ainda mais injustificado era a estranha piedade, ou ao menos aquilo que ela chamava por esse nome, ainda que percebesse naquilo uma espécie de repulsa involuntária, semelhante àquela que distancia você de uma criatura morta – outrora amada –, a absurda compaixão que lhe apertou o coração, enquanto ele prosseguia, com o mesmo tom de ingênua confiança:

– O magistério é uma péssima escola para um futuro padre. Veja só: logo no primeiro passo da minha nova carreira, cometo um erro imperdoável, a paróquia inteira ri de mim... Lá a nossa vida era tão regrada, tão doce... A solidão...

– Bah! Vocês sempre falam de solidão. Sua paróquia talvez tenha recursos que você ignora. Ora, ora, senhor padre, quando já passamos sérias necessidades, bem que sonhamos com esses pacíficos presbitérios...

– Se não for indiscreto da minha parte, eu...

– Eu sou de Léniers, disse ela, soltando o primeiro nome de que se lembrava de ter lido no mapa.

– De Léniers! – exclamou ele.

– Quer dizer, eu nasci ali, mas... mas volto lá de tempos em tempos, concedeu ela, no cúmulo do enervamento.

– De Léniers, que encontro extraordinário! O posto também está vago... Logo você verá nele um amigo meu, um colega do seminário de Montgeron. Afinal, devo confessar, eu não pertenço a esta paróquia a que a bondade de Sua Excelência me chamou. Tive de sair da minha por razões pessoais, um mal-entendido, em suma, uma dessas pequenas contrariedades que às vezes na vida ganham uma importância excessiva. E não me arrependo, porque meus superiores me mandaram para uma paróquia interessante, uma paróquia muito boa, me dizem. Se conheço Léniers! O antigo pároco parecia ser um homem bastante especial.

– Bastante especial, respondeu ela, secamente.

– Também, às vezes, fico sonhando com, disse ele, com um riso de criança. Tenho até a fotografia de meu presbitério no bolso, num cartão postal, e se estivesse um pouco menos escuro... Sei até o nome da velha criada, veja só. Uma senhora muito boa, muito digna, que se chama, um momento, sim, cá está: Céleste. Senhora Céleste... Espero que nos entendamos bem.

Ela sentia o tempo inteiro o olhar do jovem padre fixado nela, enquanto ele continuava sua inocente tagarelice e ela nem sequer procurava mais um nome para a emoção doce e pungente que lhe levava lágrimas aos olhos. "Onde foi que eu o vi?", ela se perguntava sem convicção, mas com a vaga esperança de que sua memória acabaria por responder ao chamado, e ofereceria uma explicação plausível, não para esse encontro bizarro, mas para a inquietação que a agitava. Naquele momento, ele começou a andar ainda mais devagar e ela se encontrou de repente, após virar numa ruela escura, na entrada do hotel, à plena luz.

– Adeus, senhor padre, balbuciou ela estupidamente. Boa viagem.

Para não lhe virar as costas e escapar num salto à ofuscante claridade que através dos altos vidros iluminava toda a amplidão da rua, ela teve de fazer um esforço imenso. Parecia-lhe que a resposta não viria nunca.

– Adeus, senhora, disse ele enfim.

Sua voz tremia um pouco, como a de um homem que hesita em fazer uma pergunta indiscreta. A súbita despedida de sua interlocutora havia deixado-o visivelmente estupefato. Ele estendeu desajeitadamente a mão com luva de filosela escura:

– Meus cumprimentos, disse ele.

Ela não ousou sair do lugar antes de ouvir a porta fechar, mas fingiu examinar a bicicleta, virando as costas para o vidro ofuscante. Depois, ela se perdeu na primeira rua que apareceu, e andou por muito tempo. Não tivesse sido pela excitação da droga, ela não teria encontrado naquele momento a coragem de continuar seu caminho, e a lembrança dessa hesitação suprema, no instante decisivo, iria torturá-la até o fim.

Ganse não mentira: sua curiosidade pelos padres ainda é tão viva quanto na época em que ela tinha doze anos, em que, tiranizada por seu tio de Saumur, alfaiate de clérigos e sacristão de sua paróquia, ela se julgou apaixonada por um belo vigário, e achava que ia desmaiar a cada domingo, quando, escondida o mais perto que podia do púlpito, ela via sobre o apoio de veludo grená as belas mãos indo e vindo, enquanto a patética voz se levantava para esmagar com altiva ironia um contraditor imaginário, e tão habilmente minguava e morria na última sílaba da palavra amor. "E aquele homem não é como nós", gostava de repetir o tio, que, mesmo que fosse pouco escrupuloso no que diz respeito à missa e aos sacramentos, cuidava de sua clientela. Não. Aquele homem não era como os outros. Ninguém teria sabido, como o velho arcipreste, passar delicadamente a mão nas bochechas enquanto a trespassava com um ar terno e severo ao mesmo tempo, aquele olhar que ainda hoje a assombrava, sem que ela soubesse. Quem sabe? Mesmo que agora ela não sentisse nenhum gosto real pela piedade, ao menos como a entendem a maior parte das mulheres, ela, por outro lado, sempre teve pelos religiosos um desprezo absoluto e uma repulsa quase física, talvez tivesse bastado que um desses semideuses... Mas eles só lhe dispensavam a teologia do catecismo, à qual ela tinha se fechado de uma vez por todas, porque a confunde com a do manual cívico, e toda lei lhe provoca horror muito antes que ela possa compreender seu sentido. E é justamente porque seu instinto já a tinha convencido de que ela nasceu fora da lei, fora de todas as leis, que ela desejava confusamente ficar naquele mundo misterioso em que não existe regra nenhuma além do bel-prazer de Deus, de suas preferências misteriosas, da adorável iniquidade de uma onipotência que se faz misericórdia, perdão e pobreza. Mas teria sido demais pedir à sabedoria do velho decano de Saumur, que tornava tão inquieto seu olhar demasiado pensativo, cuja expressão às vezes parecia estúpida, porque ela só traduzia com lentidão extraordinária os movimentos da alma – sempre atrasada em relação ao pensamento. Apenas um de seus vigários, Breton de Nantes, perdido naquela diocese angevina – menos por clarividência do que por aquele ingênuo entusiasmo das perspicácias sacerdotais que às vezes vai tão longe no segredo das almas, e que desenvolve com tanto zelo a tradição clerical que por tanto tempo foi a força e a fraqueza da igreja galicana – quase abriu aquela pequena alma, alternadamente ávida e desconfiada, e às vezes as duas coisas ao mesmo tempo. Mas a empreitada logo pareceu perigosa a seus superiores, e talvez fosse mesmo. Daquelas longas conversas interrompidas por silêncios ainda mais longos, no fundo daquela pequena sacristia de província com cheiro de cera, de incenso, de água estagnada, ela tinha guardado, na falta da fé perdida, com uma singular experiência dessa conversação reservada, a nostalgia da confissão. Essa mentira fundamental, da qual ela, sem dúvida, nunca teve uma consciência clara, a cada ano se consolidava nela de um modo tão profundo que, por si só, ela não teria conseguido. Porque a confidência no mais das vezes só faz acrescentar uma mentira a outras mentiras, e o que se pode esperar de uma sinceridade desesperada, envenenada pela vergonha? Só certo tipo de humildade sacramental pode impedir o apodrecimento da ferida cavada no coração pelo arrancamento da confissão.

Mas essa humildade não existe sem uma recusa total de si próprio. Do contrário, sua vã procura corre o risco de dar a uma vida já medíocre um caráter particular de aviltamento. De todas as virtudes, a humildade é aquela que se corrompe mais rápido, e o orgulhoso que provou uma só vez desse fruto decomposto conhece aquele gosto da infelicidade e da vergonha que nada, aqui embaixo, conseguiria satisfazer, que todo o fogo do abismo não consumiu no coração feroz de Satanás. Contra essa monstruosa depravação do amor-próprio, Simone deveria ter-se defendido há muito tempo, e mais de um desses padres errantes que pelo mundo perseguem milagres problemáticos de jantar em jantar, ao custo de uma dispepsia fatal, que, na falta de algo melhor, se enchem de curaçao e de *petits-fours*, grandemente edificados por sua docilidade, por sua deferência, por seu perfeito conhecimento dos místicos da moda, que tantas belas bocas se gabam de ter lido sem nem sequer ter aberto o livro, nela viram uma presa fácil. Mas, por maior que fosse a ingenuidade daqueles pescadores de almas, ela os tinha afastado pouco a pouco, tanto uns quanto outros, por um não sei quê de dureza que sua duplicidade natural não conseguia esconder por muito tempo, e que assustava aqueles pusilânimes, acostumados a pegar com suas redes só algum peixe miúdo inofensivo. A retumbante apostasia do padre Connétable iria, aliás, comprometê-la irremediavelmente, já que se sabia que ela era amiga dele, ou talvez algo mais. Como acontece com aqueles a quem a curiosidade leva até a soleira da fé e que pretendem controlar sozinhos impunemente sentimentos mais terríveis, apesar das aparências, do que os demônios da alma, ela havia tomado gosto pelos padres suspeitos, e isso não ficava oculto. Ela os preferia aos outros porque reconhecia neles, ainda que aprofundada por um remorso cuja virulência não conseguia imaginar, a mesma tristeza estéril, o mesmo tédio vago e indeterminado, afável. Porque são poucos os maus padres que correspondem à imagem que os escritores bem-pensantes de bom grado lhes dão, interessados em pintá-los como contumazes no perjúrio, no vício e na impiedade. Mais de um, pelo contrário, encontrou uma paz terrível na ruptura definitiva com o passado e na experiência dos sentidos.

"Eu não deveria ter me separado dele tão bruscamente", dizia ela para si, enquanto pedalava com dificuldade pelo caminho tortuoso que, por seis quilômetros de subida suave, mas contínua, leva até a passagem de Sabire.

Por mais que ela revirasse a memória, não conseguia se lembrar de algum dia ter visto aquele jovem padre, que, aliás, parecia ter verossimilmente saído há pouco do seminário. E tê-lo encontrado por acaso, essa circunstância não tinha ainda justificado a impressão extraordinária causada por aquele rosto infantil, por aquele olhar, por aquela voz. "Ele não falou nada, e nem eu, aliás", ela repetia para si mesma. Aquela vã certeza não apaziguava sua angústia. O obscuro perigo que ela sentia próximo não estava no passado, mas, sim no presente. Mas e agora? Do alto da encosta de Frangy, de onde se descobre pela última vez a pequena cidade cujas luzes ela começava a ver brilhar no crepúsculo, ela desmontou da bicicleta, virou-a como que contra a própria vontade, e parou um momento, com o coração a bater, como que empurrada nas costas por uma força irresistível. Um segundo depois, ela já desembestava para baixo, até aquela sala ofuscante, mal vislumbrada, onde ele a estaria esperando. Afinal, não tinha ela acreditado ver nos olhos dele a mesma ideia, a mesma interrogação muda, ela não sabia o que de suplicante, se apelo ou censura? Ele só tinha falado com ela apenas um instante, isso teria bastado, sem dúvida, para salvá-la, para quebrar o encanto. Era raro que ela não cedesse nada a esses terrores supersticiosos que o abuso da morfina tornava a cada dia mais tirânicos. Mas, dessa vez, ela viu aí o pretexto para uma covardia que subitamente despertou seu orgulho. Outra vez, ela virou o guidão da bicicleta.

XI

A noite já tinha caído completamente quando, tendo chegado ao topo da longa encosta de Gesvres, ela percebeu as raras luzes da cidadezinha. A enorme massa de neblina, agora imóvel, que os últimos turbilhões da tarde haviam reunido no vale como um rio invisível, fazia com que elas parecessem estar a uma distância prodigiosa. Mas, desde que Simone adentrou a subida arborizada, penetrando sem saber naquele ar saturado, a ilusão terminou: ela subitamente se viu muito mais perto do que teria pensado da orla do parque, cuja floresta se destacava em negro sobre o fundo acinzentado da mata na qual ainda luziam, aqui e ali, as imensas superfícies de pedras polidas pelas águas, que ela inicialmente havia achado que eram poças deixadas pela chuva.

Ela, então, percebeu que havia ultrapassado sem notar o caminho tomado pela última vez, e preferiu não perder seu tempo procurando por ele. Seus olhos, habituados à escuridão, encontraram com facilidade o caminho entre os jovens abetos espalhados: continuando a descer à frente, ela deveria necessariamente retomar a estrada de Dombasles, quase paralela àquela que ela tinha acabado de deixar. Mas teve a ideia de fazer uma grande curva à direita para evitar uma casinha surgida inesperadamente e que ela, de longe, havia achado que era uma dessas rochas cobertas por líquen claro. Recostada em um verdadeiro muro de granito que só permitia uma estreita passagem para onde ela precisava chegar, com o coração batendo, aquele casebre parecia estar meio enterrado, como um navio encalhado. Pela divisória de tábuas do estábulo, que sem dúvida se comunicava com a sala – como é costume em lugares montanhosos –, ela ouvia distintamente a voz esganiçada de uma velha, dando um pito num cachorrinho invisível que, do outro lado, sacudia furiosamente sua corrente, com aquele latido superagudo que exprime impaciência, o opróbrio quase humano do cão de guarda impotente para fazer-se compreender por um dono surdo às advertências da noite. Ela parou um momento, escondida num canto do muro, sem ousar ir adiante nem recuar, e então saiu em alta velocidade pelas trevas. Os latidos redobrados do animal cobririam o ruído dos ramos secos e das pedrinhas, até que uma ondulação do terreno lhe tirou de vista aquela casa misteriosa, cujo reflexo ela em vão procurava no lago. Ter-lhe-ia sido impossível dizer como, em que instante, o latido do cachorro se calou. A uma distância tão pequena, e num ar tão puro que o som de sua própria respiração despertava como que um eco sonoro, por qual milagre ela não ouvia mais nada, nem mesmo o ranger das correntes da bicicleta? Aquele silêncio inexplicável parecia penetrá-la até os ossos. Ela teve dificuldade para evitar rompê-lo, excetuando um fraco apelo, uma palavra dita em voz baixa. O caminho estreito luzia a seus pés...

Naquele momento, trazida à realidade pelo medo, o absurdo de sua empreitada e a certeza do fracasso lhe surgiram novamente com tal força de evidência que ela fechou os olhos como se tivesse recebido um golpe no meio do peito, e sufocou um gemido. Só o desespero poderia tê-la levado até ali – um desespero que ela não experimentara senão em raros minutos, uma consciência clara – um desespero sem causa e sem objetos precisos, tanto mais tremendo quanto mais lentamente se infiltrava nela, impregnando, assim como outro veneno, mais sutil, cada fibra de sua carne, correndo por suas veias junto com seu sangue. Palavra nenhuma poderia tê-lo exprimido, imagem nenhuma poderia ter-lhe dado realidade suficiente para comover sua inteligência, para tirar sua vontade de seu estúpido entorpecimento. Ela tinha dificuldades para se lembrar do encadeamento das circunstâncias, ligadas entre si pela lógica delirante do sonho, que a havia arrastado até ali, e por cujo desígnio ela ali chegara. O único sentimento que subsistia naquele horrível desfalecimento da alma era aquela espécie de curiosidade profissional aprendida na escola do velho Ganse. Como naquelas viradas de um livro em que o autor não se sente mais senhor dos personagens que ele viu lentamente formar-se diante de seus olhos, tornando-se um mero espectador de um drama cujo sentido acaba de escapar-lhe, ela teria de bom grado tirado no cara ou coroa alguma conclusão, qualquer que fosse. A angústia que ela não conseguia dominar se assemelhava, aliás, à do medo: tratava-se, antes, da pressa de terminar a qualquer custo, uma espécie de impaciência, se é que se pode dar esse nome ao furor sombrio, implacável, que também se voltou naquele momento contra ela mesma.

 Suas mãos tremiam tão forte que ela teve muita dificuldade para levantar a bicicleta para atravessar o fosso pouco profundo que serve de cerca ao parque de Souville. Enganada pela escuridão da vegetação alta, ela julgou que conseguia esconder a bicicleta colocando-a ali, e ainda cometeu a imprudência de deixá-la apoiada no tronco de um pinheiro. Não se dando sequer ao trabalho de evitar as pedras que rolavam, fazendo barulho atrás dela enquanto subia, ela chegou à alameda principal, por onde adentrou imediatamente, sem outra preocupação além de chegar o mais rápido possível à casa então próxima, como se ela fosse uma visitante absolutamente comum. E talvez naquele momento ela fosse essa visitante, de fato. Mas um encontro inesperado iria decidir seu destino.

 As mãos estendidas à frente para evitar os galhos baixos que sacudiam à altura de seus ombros quando ela passava, uma poça d'água, e ela subitamente saiu da mata, dirigindo-se diretamente para a escadinha da entrada, com uma segurança de sonâmbulo. E suas pernas já estavam enfiadas até as canelas nas folhas pegajosas da grama quando uma voz fez com que ela parasse bem onde estava.

 Como por um milagre, ela se encontrava no mesmo lugar e na mesma hora em que já tinha visto, num entardecer da última estação, descer até a cidade as duas sombras pálidas que ela imediatamente reconheceu – a silhueta redonda e um pouco arqueada da senhora Louise, e a outra um pouco mais delgada, inconstante, da criada que, a uma certa distância atrás, apressava-se para juntar-se à primeira. Simone deixou cair sua bolsa, apertou as duas mãos contra o peito, e nele enfiou cruelmente suas dez unhas, e foi talvez a aguda dor daquela selvagem carícia que preservou, naquele momento, sua razão. Por mais um segundo – um interminável segundo – ela esperou, como que no ponto mais profundo do sonho, o sobressalto precursor do despertar. Mas o espetáculo que ela tinha diante dos olhos em nada se assemelhava às caprichosas paisagens do sonho. O próprio crepúsculo, com suas últimas luzes turvas, não lhe transmitia nada do equilíbrio, da estabilidade do real. Em vão, quando as vozes se calaram e as duas silhuetas se fundiram na noite, ela não conseguia duvidar de sua existência. Ela ficou ali, com uma mão nos lábios, lutando contra uma espécie de náusea, menos assustada que repugnada por aquele sinistro capricho do acaso.

 Ela caminhou lentamente até a entrada e empurrou com os dedos a porta que, após ter obedecido à pressão por um momento, pareceu chocar-se contra algum obstáculo, voltando e batendo brutalmente contra o alizar. Passando a mão pela abertura, ela percebeu que uma corrente ligava a maçaneta de cobre a um simples gancho fixado na parede. Ela o soltou facilmente e com tão pouco cuidado que os pesados elos de aço caíram espalhafatosamente contra as tábuas.

 As solas deslizavam pelo assoalho do vestíbulo, e na tepidez daquela casa sempre fechada em que era possível encontrar no coração do extremo outono algo do acre odor do verão, ela tremia, batia os dentes, percebendo que estava chacoalhando até os ossos. O vestido colava em suas pernas, em suas coxas, e a cada movimento dos ombros um fio gelado corria por suas costas. Na claridade de uma lâmpada ridiculamente pequena, coberta por um abajur rosa e colocada bem alto em cima de uma estante, um espelho lhe devolvia a imagem de uma espécie de mendiga selvagem, com seus cabelos desgrenhados, seus olhos desvairados, e em todo o seu corpo, quase invisível na penumbra, um não sei quê de feroz e de insidioso, a atitude completa de um animal prestes a esquivar-se, a fugir ou a atacar. A mesma imagem do crime.

Com um gesto tão instintivo quanto um gesto de ataque ou de defesa, ela levou a mão à algibeira forrada de camurça. Tão imperioso era o apelo do monstro escondido nela, subitamente despertado pela ansiedade, que ela sequer pensava em sair daquele lugar perigoso: era ali mesmo, naquele momento, que era preciso tentar a última chance e impor silêncio à besta enlouquecida. Com os dentes, ela retirou uma extremidade, e depois a outra, da ampola de vidro, e começou a verter seu conteúdo, mas subitamente sentiu, com um suspiro de terror, a seringa partida em seus dedos, enquanto o precioso líquido lhe inundava as mãos. Furiosamente, lançou os cacos para os degraus da escada de entrada.

O que quer que acontecesse agora, ela não se sentia em condições de enfrentar a presença da velha senhora, e, aliás, por mais incapaz que ela fosse naquele momento de prestar atenção em alguma coisa que não as imagens de seu delírio feroz, há tanto tempo interligadas, agora confusamente arrastadas como detritos levados pelo fluxo de um rio, a insanidade de tal conversa lhe aparecia de modo ainda mais claro do que de manhã. Mas essa mesma consciência, ainda vaga e confusa, acabava por esgotar-lhe os nervos, tirava-lhe toda a energia, toda a inteligência, toda a esperança de escapar à conclusão inescapável do pesadelo em que ela havia entrado por ousadia, e do qual ela não escaparia. Se ela tinha achado que por alguma chance pudesse ser ouvida pela velha surda, separada dela pela espessura das paredes, ela a teria chamado imediatamente, para acabar com tudo de uma vez. Afinal, entre tantas hipóteses absurdas, a fuga naquele momento lhe parecia a mais absurda de todas. Num certo limite de exaltação nervosa, em que o próprio pânico atingiu seu ponto de equilíbrio – uma imobilidade assustadora – o instinto mais forte do ser vivo, o de autodefesa, parece efetivamente aniquilado. Para o miserável, a questão não é mais escapar da dor ou da aflição, mas esgotá-la. Toda loucura, em seu paroxismo, acaba por revelar no homem, além do fundamento último da alma, aquele ódio secreto de si mesmo que está no mais profundo de sua vida – provavelmente de toda vida.

Ela permaneceu de pé, diante de sua imagem, tão incapaz de avançar ou de recuar quanto uma sonâmbula que acorda na beira de um telhado. O vidro usado só deixava aparecer uma espécie de névoa difusa, riscada de sombras, em que ela tinha a impressão de ver descer e subir seu rosto lívido, assim como o fundo de uma água turva. Por um instante, ela o procurou em vão. Ela não distinguia nada além de suas duas mãos pendentes, abertas, semelhantes a duas flores venenosas, nas quais se destacava a mancha vermelha das unhas. Do rosto não havia mais sinal. Ela recuou ligeiramente, moveu a cabeça para a direita e para a esquerda, absorvida na sua procura. Enquanto ela girava sobre os calcanhares, a perspectiva dos ladrilhos brancos e negros rodava sorrateiramente com ela, a escada subia devagar no espelho com seu corrimão de cobre, o halo rosa da lâmpada, a grande parede nua, e de repente... Deus!

A velha senhora parecia estar apoiada num degrau, como um pássaro fúnebre. Seu xale, tendo caído de um dos ombros, arrastava-se pelo chão, e sua outra aba, cobrindo o corrimão, escondia sua mão esquerda, enquanto a mão direita, elevada à altura da bochecha, permanecia inexplicavelmente suspensa, como se ligada a um fio invisível. Nunca Simone a tinha imaginado tão pequena. Seu rosto cercado pela noite não parecia maior que o punho de um homem, e seus grandes olhos abertos tinham o brilho duro e frio de duas bolas de azeviche.

Será que ela estava ali há muito tempo? Não, sem dúvida. Mas a imobilidade daquela assustadora boneca, parada repentinamente num gesto vão, de cólera impotente, era tal que Simone teve a impressão de tê-la surpreendido em sua toca, no lugar mesmo de onde ela a havia espiado desde que tinha cruzado a soleira da casa maldita. A certeza – aliás, insana – de ter-se deixado enganar até aquele momento por aquela adversária ridícula foi a única coisa que a impediu de fugir. Ela sentiu subir de suas vísceras, com um alívio inexprimível, uma fúria cada vez maior, capaz de aniquilar qualquer sentimento, qualquer pensamento, de aniquilar ela própria. E, na espera daquilo que ia acontecer, daquilo que com certeza aconteceria, ela examinou de cima a baixo, com uma atenção extraordinária, o pálido rosto enrugado, tão imóvel quanto uma máscara de gesso. Será que ele estava mais pálido do que de costume? À medida que seus olhos se acostumavam à escuridão, ela distinguia melhor cada detalhe e, subitamente, percebeu que as mil rugas que o sulcavam, tão numerosas quanto as que recobrem a pele gretada de uma nectarina, estavam agitadas por um frêmito quase imperceptível, por uma espécie de tremulação que lhe dava certa semelhança com o rosto indecifrável de certos insetos de cílios e antenas eriçados. A queda dos maxilares, sem dúvida devida à ausência da dentadura, ainda aumentava aquela pavorosa ilusão. Não, aquela pele de pergaminho não podia mais denunciar os movimentos da alma, ela já tinha a cor da eternidade. O vermelho das maçãs do rosto brilhava lugubremente.

Simone não conseguia desviar o olhar das duas manchas de maquiagem, que a luz rosada do abajur tornava mais escuras. Naquele rosto lúgubre, aquilo era uma brincadeira cruel, uma recordação zombeteira da saúde, da juventude. Mas elas também a atraíam, ela gostaria de ter posto a mão nelas, de ter tocado com as unhas aquela camada lustrosa... Por mais longo que seja o relato, a cena só durou um instante. O primeiro salto da senhora Alfieri tinha acabado de colocá--la a meio caminho do patamar, onde ela era esperada pelo fantasma ainda imóvel e mudo. Ela ficou ali um segundo, balançando a cabeça com um movimento mecânico, e logo depois arremeteu. Mas a mão esquerda, lançada primeiro, encontrou apenas o vazio; ela caiu de joelhos gemendo, enquanto a lâmpada, rolando de degrau em degrau, espatifou-se no assoalho.

Com uma agilidade sobrenatural, a dama de Souville lhe virou as costas e, sem dar um grito, sem um suspiro, correu ao longo da parede como um rato. Por mais rápido que sua temível adversária se levantasse, talvez ela tivesse escapado, porque o olhar de Simone passava, sem perceber, acima da nanica recurvada. Infelizmente, uma porta entreaberta desenhava no chão um retângulo de luz em que a negra silhueta destacou-se por um segundo. As duas entraram no quarto ao mesmo tempo.

Por mais enfraquecida que estivesse, a extraordinária velhinha ainda lutava por sua vida. A surpresa, o enorme esforço que ela impunha a seus pulmões, a seu coração, a seus ossos, haviam-na impedido de abrir a boca – ou talvez ela estivesse gerenciando, para aquela suprema ocasião, sua última reserva de energia. A brusca aparição daquela moça desgrenhada, selvagem, coberta de lama, com seu vestido molhado colado no corpo, era de todo jeito inesperada demais, inexplicável. Incapaz de medo e, mais ainda, de qualquer medo supersticioso, seu primeiro sentimento ao ver a intrusa tinha sido uma cólera não menos cega do que a de sua inimiga, não menos feroz, uma daquelas cóleras frias de velho que, bem mais do que o terror da morte ou o instinto de conservação, havia galvanizado por um momento suas fracas forças. Mesmo quando ela sentiu em sua nuca a respiração da alucinada, o sangue-frio que ela sempre havia guardado no passado, na época de suas perigosas viagens pelo mundo, não a abandonava. Num clarão, Simone viu a mão cinza, miúda como a de um macaco, com suas unhas pintadas, passar debaixo do nariz dela, para apagar a chama de uma lamparina, cujo vidro se estilhaçou, e imediatamente ela ouviu ranger o ferrolho da janela, ao mesmo tempo que uma voz tiritante, irreal, semelhante ao ranger do tambor de um relógio, tentava elevar-se pouco a pouco e conseguir um grito.

Ela não achou que alguém estaria ao alcance daquele ridículo apelo. Que importa! Tudo o que ela queria era escapar a qualquer custo daquele pesadelo intolerável. Do mesmo jeito, na infância, ela não conseguia ver um bicho ferido sem imediatamente sacrificá-lo numa espécie de exaltação nervosa, quase mística, a que seus próximos, comovidos, de bom grado davam o nome de piedade.

O serviço, aliás, foi feito com a presteza, com a certeza, com a inexorável precisão dos gestos do instinto, e num silêncio prodigioso. Mal o débil grito lhe chegou aos ouvidos e ela como que se deixou cair por cima, sufocando-a com todo o seu peso. O movimento fez que as duas caíssem sobre o chão encerado todos os dias, polido como um vidro, e a mão direita de Simone, tendo por acaso pousado sobre um objeto duro e pesado – depois, ela ficou sabendo que se tratava de um dos trasfogueiros de bronze –, golpeou direto à sua frente, pausadamente, selvagemente. O frágil corpo que ela tinha cerrado entre as pernas tremeu duas vezes. Fez-se o silêncio.

Ela se colocou de novo de joelhos, desgrenhada, com um suspiro horrível. Sua pele, há pouco tão fria, ardia de febre, e o mesmo calor quase insuportável, e que mesmo assim lhe parecia delicioso, circulava por todos os seus membros. Ela não sentia rigorosamente nenhum remorso. O ato que ela tinha acabado de cometer subitamente lhe pareceu alheio. Os pretextos que ela outrora dava a si própria, o perigo corrido por seu amante, a saúde de Olivier, tudo isso não era mais do que uma mentira. Contra a ridícula vítima estendida a seus pés, ela nunca havia sentido realmente nenhum ódio. O único ódio que ela tinha verdadeiramente conhecido, experimentado, consumido até o fim, tinha sido o ódio de si mesma. Como estava claro tudo isso! Por que ela só foi se dar conta disso tão tarde? Ela tinha se odiado desde a infância, primeiro sem perceber, depois com uma ambição insidiosa, hipócrita, aquela atroz solicitude com que uma envenenadora se aproxima da vítima que pretende imolar um dia. Sua revolta fingida contra a sociedade – que havia enganado o velho Ganse, como tantos outros antes dele – não era mais do que uma das formas desse ódio. Ela nunca tinha se perdoado, ela nunca se perdoaria por ter fracassado onde tiveram sucesso tantas mulheres que não tinham o valor dela, mas que souberam agir, enquanto ela ficou apenas sonhando, sem chegar a dominar seus sonhos. Eles tinham esvaziado sua vida, sufocado sua alma, sua vontade. Desde o primeiro despertar da adolescência, eles sugavam suas forças, esgotavam sua seiva. Mesmo se a pobreza não a tivesse acorrentado ao destino do velho Ganse, a liberdade teria retardado apenas um pouco o desabamento daquela vida interior tão falsa, tão artificiosa quanto as construções erguidas em poucas semanas pelos empreendedores das Exposições Universais. É verdade, porém, que essas construções de gesso estão postas sobre um solo que, por baixo delas, preserva sua solidez, sua força. Por outro lado, as mentiras, voluntárias ou não, saíam de sua própria substância, elas eram sua própria substância, como as horrendas proliferações do câncer. Longe de salvá-la, o trabalho não fez outra coisa que superexcitar até o paroxismo a faculdade maldita, o gênio sombrio que lentamente devoraria a sua alma. A experiência da invenção literária, de seu mecanismo aparentemente misterioso, mas no fundo sumário, quase grosseiro, havia-lhe esclarecido completamente – a suprema ilusão havia desaparecido, junto com a derradeira esperança. Aquilo que ela passou a chamar de sua vida ainda mereceria esse nome? Será que ela poderia gabar-se de algum dia ter vivido? Que os outros acreditassem nela, que importa! Ela não acreditava mais. E eis que ela subitamente percebia que a ideia do crime – não ousaríamos dizer sua tentação – lhe viera exatamente quando ela se viu fazendo papéis, não mais deixando-se enganar – por pouco que fosse – por seus próprios fingimentos. Sim, ela mal se sentia distinta ou mais real – ou talvez menos viva – do que os personagens que ela sentia fervilhar como larvas no fundo de suas ruminações monótonas, e que só a poderosa vontade de Ganse conseguia tirar daqueles limbos. De todos os meios que ela havia concebido para libertar-se, o crime era o último a seu alcance, à altura de sua revolta impotente. A vítima não era importante. O motivo, menos ainda. Bastava que ele servisse a seu orgulho, porque ela seguramente não teria matado para roubar. Mesmo sangrento, roubo era roubo. Porém, um assassinato premeditado, longamente maturado, friamente executado, assumido sem remorsos, consuma pelo preço mais justo essa ruptura total e definitiva com a sociedade dos homens, com sua detestada ordem. É uma maneira de se matar, mas sem a queda imediata, sem o vertiginoso resvalar para o nada. Pelo menos ele permite uma pausa, ainda que curta – ela não dura mais do que o tempo de gozar um instante aquela sagrada solidão que se assemelha à da felicidade ou à do gênio.

Naquele momento, ela a gozava. E não lhe desagradava pensar que aquele gozo era precário, que a sociedade ultrajada rapidamente vingaria a injúria. A desproporção entre a gravidade do ato que ela acabara de cometer e sua pobre alegria misturada à saciedade, ao fastio – semelhante àquelas que se seguem a todo forte esgotamento do ser, maldição do homem, círculo infernal, escárnio – começava a despertar em seu coração uma raiva surda que ela pouco a pouco voltava contra si mesma. Naquele instante, ela não teria feito um gesto no sentido de fugir e, a bem da verdade, ela já considerava qualquer fuga inútil. Sua imaginação nunca tinha ido além do assassinato, e eis que, com o assassinato concluído, ela descobria – como se tivesse chegado ao outro lado de uma curva – uma perspectiva nova. Era preciso que ela concluísse aquilo que tinha começado, porque só a última cena daria sentido ao drama. Em um instante, ela se viu de pé diante dos juízes, como agora, diante de sua mísera presa, imóvel, muda, com os olhos semicerrados, sem opor à acusação nada além de silêncio e de desprezo, um silêncio inflexível. A ideia de retomar no dia seguinte a vida de antigamente no ponto onde ela a havia deixado – no minúsculo apartamento que detestava, ou, por que não, na mesa do velho Ganse – lhe parecia ridícula demais para que ela a considerasse. E, de repente, nada lhe pareceu mais fácil, mais maravilhosamente simples e fácil, do que esperar a volta da governanta – já tendo no coração aquele aperto de curiosidade e de impaciência que ela reconhecia perfeitamente, que ela sempre tinha sentido nas horas decisivas, e, por exemplo, diante de outro cadáver, o do belo amante com a cabeça quebrada, no quarto do palácio, com seu sangue escuro sobre o carpete azul, o cheiro insosso misturado ao perfume de âmbar e de tabaco inglês.

Ela pegou a lâmpada caída no chão, procurou em vão pela bolsa e, pensando que ele devia ter caído na escada, saiu tranquilamente do quarto, tateou cada degrau, um por um, e só o encontrou embaixo do patamar, já úmido por causa do orvalho. Ela voltou no mesmo passo, acendeu seu isqueiro sem nem se dar ao trabalho de fechar as janelas, e olhou friamente para baixo. A dama de Souville estava estendida no chão. Seu xale, arrancado durante a luta, deixava descoberta a nuca cinza, absolutamente intacta. O trasfogueiro de bronze a havia atingido muito mais embaixo, quase entre os dois ombros, onde uma grande mancha escura de bordas luzidias se estendia sobre o tecido de sarja escura. O pescoço bizarramente desviado para a esquerda dava à cabeça uma posição tão singular que ela parecia quase separada do tronco.

Com a mesma naturalidade de quem realiza um trabalho indiferente, ela tomou o leve cadáver entre os braços e levou-o maquinalmente até o leito. Foi então que, passando a mão pouco abaixo da linha dos ombros, ela sentiu a vértebra ceder sob seus dedos.

À sua volta, o quarto havia retomado seu aspecto pacífico e familiar. Vastíssimo, parecia vazio. Duas achas de lenha verde acabavam de se consumir, silvando e crepitando no fundo da alta chaminé de tijolos com sua moldura de pedra polida como o mármore. Na outra extremidade do aposento, diante da cama, uma escrivaninha Luís XVI, sem os pesos, ainda estava atulhada de papéis, uma parte dos quais a corrente de ar já tinha espalhado pelo chão. Pela fresta da porta, a senhora Alfieri viu que alguns deles, mais leves, já haviam até passado da soleira, cobrindo os degraus da escada. Ela foi reuni-los, e depois, com o mesmo gesto mecânico, desceu para fechar a porta de entrada e colocou a corrente de volta no gancho. Ela parecia estar agindo sem qualquer propósito – ao menos consciente – ou talvez por um ressentimento confuso.

Tendo tomado essas precauções, ela voltou ao quarto, fechou a janela e puxou as cortinas de cretone cujo odor envelhecido, um pouco apimentado, encheu o ambiente. Parecia-lhe que não havia nada mais a fazer agora além de esperar a volta das duas mulheres. Ela imaginava, não sem uma complacência secreta e inconfessável, seu pavor, seus gritos, sua corrida desesperada, a chegada dos idiotas, cujas perguntas ela responderia apenas com um desdenhoso silêncio. E de repente um raio de luz: Mainville.

Extraordinariamente, incrivelmente, há algumas horas a lembrança de seu amante havia meio que sumido de seu pensamento. O ato que ela tinha acabado de cometer parecia mesmo tê-lo abolido. Agora ele ressurgia, mas como uma imagem pálida, incapaz de despertar nela qualquer sentimento que não fosse uma piedade ainda vaga, confusa, e no entanto já dilacerante. Não, não era por aquela criança sem coração, aquele belo animal feroz e carinhoso, que ela iria dar a vida! Lentamente, à medida que a mentira de seu triste amor lentamente se dissipava, ela compreendeu que tinha amado, tanto nele como no outro, uma espécie de fraqueza cúmplice. E uma piedade, nunca sentida, apertando-lhe o coração, pareceu inundar seu peito com um jato tão incandescente que ela colocou as duas mãos nele, com um grito de dor. As lágrimas jorraram de seus olhos.

Ela se deixou cair diante da pequena escrivaninha, apoiada em seus dois cotovelos, com a testa entre as mãos. Agora era preciso fugir, fugir a qualquer preço. Ao menos era isso que ela se esforçava para repetir em voz baixa, como para familiarizar-se novamente com um propósito tão diferente daquele que ela havia estabelecido um minuto antes. A desordem de sua alma era tão grande que ela não conseguia nem reconstituir para si mesma, nem mesmo vagamente, o caminho percorrido pelo parque. A mudança de itinerário, apesar de quase insignificante, lhe parecia um obstáculo insuperável. Para não se perder, ela não conseguia imaginar nada além de correr o risco de descer até a cidade, e de lá retomar o caminho antes percorrido e, contornando o parque, chegar ao caminho de Sommièvre, onde havia deixado sua bicicleta. Mas será que lhe concederiam o tempo para dar toda essa volta? Além disso, ela não tinha nenhuma ideia clara do tempo transcorrido desde o crime. Ela se levantou titubeando, com as mãos apertando as têmporas e fixando os olhos na parede cinza. Foi então que ela notou, na altura da testa, um papel fixado na parede por um alfinete. Ela leu primeiro sem compreender seu sentido, e depois tomou a repentina decisão de ir até a soleira. Lançando um olhar para a escada, viu que tudo estava em ordem, e fechou a porta, girando a tranca até o fim.

O texto no papel tinha a caligrafia um pouco tremida, mas minuciosa – cada parágrafo era separado por um largo espaço em branco. Tratava-se de um relato das coisas feitas em Souville durante o dia, seguido de algumas linhas, tudo evidentemente escrito pelas mãos da governanta:

"Vou agora no Sauvestre, também vou pagar o carvão, e depois vamos provavelmente ajudar Philomène a arrumar o presbitério. Se não voltarmos até as 6h30 pode fechar a porta, que eu tenho a chave. Vou fazer as contas de Madeline, amanhã de manhã ele vai levar a lista das faturas. Seu café não estará pronto antes das 8 por causa da missa. Não esqueça do remédio à meia-noite. Troquei a água da garrafa. Desejo respeitosamente uma boa noite."

A assustadora ironia daquelas últimas palavras pouco lhe comoveu. Seu coração enlouquecido batia violentamente contra suas costelas, e ela sentia na boca aquele mesmo gosto salgado, aquele sabor de lágrimas. Até a manhã ela era livre! A dama de Souville deveria se deitar cedo, ou pelo menos fechar a porta. Em sua ausência, talvez, a governanta chamada à cidade deixara esse papel. Ou, mais provavelmente, era assim que ela costumava agir com sua velha empregadora surda, que, apesar de uma ameaçadora catarata, enxergava melhor do que escutava. O que quer que fosse, pela primeira vez desde a manhã, o acaso tinha acabado de ajudar Simone, e de um modo maravilhoso. Como em todas as horas capitais de sua terrível vida, subitamente sentia renascer nela aquela espécie de lucidez que mal chega a ser humana, uma atenção decuplicada, a astúcia e a força de um animal.

Revirando as gavetas, ela espalhou seu conteúdo pelo quarto, espalhou-o com a ponta da botina. A fechadura do armário lhe deu mais dificuldade, mas ela conseguiu forçá-la com a ajuda de um corta-papéis de bronze. De uma pilha de roupa lavada saltou uma carteira e rolou pelo assoalho. Estava cheia de notas, em maços cuidadosamente arrumados, que ela colocou no corpete. E, como se seu olhar desse uma última volta pelo quarto, veio-lhe a ideia de que a presença do cadáver em cima do leito não bateria com a hipótese de roubo seguido de assassinato cometido por um malfeitor qualquer. Sem repugnância, ela colocou a morta de novo nos braços, e deitou-a no lugar onde havia caído. O travesseiro não tinha sequer uma gota de sangue.

Exatamente naquele momento, a corrente da porta de entrada bateu ruidosamente contra a parede.

Ela teve de esperar duas horas, duas horas mortais, escondida no fundo do banheiro, cuja janela ela havia entreaberto. Sua última chance teria sido tentar aquele salto, fugir pelo parque, na noite. Mas a chegada das duas mulheres, seus passos abafados, o cochicho de suas vozes diferentes, tinham sido a única coisa a perturbar por um momento o silêncio da casa cinza. Muito tempo depois de ela ter tido a impressão de ouvir novamente o ligeiro ranger das solas nos degraus do vestíbulo, e depois bem longe dela, sem dúvida no andar de cima, houve o estalo de uma portada. Fez-se o silêncio.

Ela se viu novamente no parque, tremendo não de medo, mas de alívio, de impaciência, de audácia, de uma espécie de alegria terrível. E aquela embriaguez, longe de atordoá-la, decuplicava-lhe as forças e parecia dar a todos os seus sentidos uma sutileza, uma capacidade quase sobrenatural. Mesmo que a escuridão fosse profunda – a Lua, em seu último quarto, só aparecia raramente e por pouco tempo nas raras brechas escavadas entre as nuvens de franjas lívidas – ela achou facilmente o atalho. Mas o medo de ir longe demais na mata, passando pelas pedras escorregadias, fez com que ela se desviasse para a esquerda e, chegando subitamente à entrada do caminho, calculou que deveria estar muito mais longe do que havia previsto do lugar onde havia escondido sua bicicleta. Além disso, a escuridão de repente ficou mais profunda, e ela tinha dificuldades para distinguir o chão, mais claro, a seus pés. E num instante...

Nunca ela conseguiu entender como ele conseguiu chegar assim perto dela, sem ruído, seguindo um caminho pedregoso. A verdade é que um segundo acaso, ainda mais imprevisível do que o primeiro, colocou-os novamente um diante do outro, e em conjunturas tão rigorosamente parecidas que ela poderia se considerar o joguete de um sonho.

O padre tinha descido um momento antes do calhambeque que o havia trazido e, tendo chegado a alguns passos do atalho que leva ao presbitério, parou para limpar sua lanterna – um presente de seus alunos. Prejudicado pela valise, ele se censurava por não a haver deixado no carro, com a mala que lhe levariam no dia seguinte. Desde sua partida de Grenoble, parecia que algum azar ridículo se encarnava nele, e todo esforço para escapar só servia para colocá-lo sob o jugo de sabe-se lá qual perseguidor galhofeiro. Louco mil vezes por, tendo perdido o ônibus, não ter decidido passar tranquilamente a noite em Bragelonne. Mas mais louco ainda por ter pretendido estimar com precisão a duração de uma viagem por terras selvagens em que, depois que o sol se põe, não se encontra mais vivalma.

Após ter inutilmente girado e girado a lanterna entre seus dedos gelados pelo vento, ele tentou reavivar, de qualquer jeito, a lâmpada minúscula. Ela de repente acendeu, e no mesmo instante...

O feixe de luz atingiu Simone como uma bala, em pleno rosto, e ela teve a impressão de sentir o impacto. A expressão daquele rosto devia ser terrível, porque o infeliz padre quase deixou a lanterna cair, e ela começou a tremer com tanta força entre as mãos que o magro feixe, indo aqui e ali, envolveu toda a cena e ela mesma com um halo lívido.

– Você..., disse ele. Você...

Antes mesmo que sua silhueta saísse da sombra, ela tinha reconhecido sua voz – aquela voz inesquecível, que havia impressionado sua alma algumas horas mais cedo com um presságio sinistro – e ela, em pânico, procurava seu olhar na noite. Nenhuma mentira lhe vinha aos lábios e, no mais, ela teria julgado qualquer mentira absolutamente vã. Aquele padre fantástico, surgido duas vezes das trevas, sabia de tudo. Restava-lhe talvez uma única chance, reconhecer sua capacidade soturna, confessar-se vencida...

Dados Internacionais de Catalogação na Publicação (CIP)
(Câmara Brasileira do Livro, SP, Brasil)

Bernanos, Georges, 1888-1948.
  Um sonho ruim / Georges Bernanos ; tradução de Pedro Sette-Câmara. -- São Paulo : É Realizações, 2012.

  Título original: Un mauvais rêve
  ISBN 978-85-8033-093-9

  1. Ficção francesa I. Título. II. Série.

12-11556   CDD-843

Índices para catálogo sistemático:
1. Ficção : Literatura francesa   843

Este livro foi impresso pela Edições Loyola para É Realizações, em outubro de 2012. Os tipos usados são da família Adobe Garamond e The Last Font. O papel do miolo é off white norbrite 66g, e o da capa, aspen linear 250g.